꿈엔들 잊힐리야

꿈엔들
잊힐리야

초판 1쇄 인쇄일 2015년 9월 22일
초판 1쇄 발행일 2015년 9월 30일

지은이 박오민
펴낸이 양옥매
디자인 최원용
교 정 조준경

펴낸곳 도서출판 책과나무
출판등록 제2012-000376
주소 서울특별시 마포구 월드컵북로 44길 37 천지빌딩 3층
대표전화 02.372.1537 **팩스** 02.372.1538
이메일 booknamu2007@naver.com
홈페이지 www.booknamu.com
ISBN 979-11-5776-097-8(03810)

이 도서의 국립중앙도서관 출판시도서목록(CIP)은 서지정보유통지원 시스템
홈페이지(http://seoji.nl.go.kr)와 국가자료공동목록시스템
(http://www.nl.go.kr/kolisnet)에서 이용하실 수 있습니다.
(CIP제어번호 : CIP2015025801)

꿈엔들
잊힐리야

A STORY OF
ROMANCE & FAMILY

박오민 지음

책과나무

CONTENTS

9월 한가위 날을 맞이하여 오래간만에 온 가족이 모였다. 그동안 묵혀두었던 회포를 푸는 남자들과 음식 장만으로 분주한 여자들 사이에서 어린 손주들은 숨바꼭질 하느라 야단법석을 떤다. 꼭꼭 숨어라, 머리카락 보일라. 숨은 녀석이 곧장 들켜버리면 '할아버지가 알려 주었지?'하고 따져 묻는다. 어른이라도 된 양 볼멘 목소리로 항의하는 손자가 깜찍해서 "요, 귀여운 녀석!" 하며 두 팔을 뻗어 와락 안아버렸다. 강아지같이 여린 것을 안으니, 물에 떨어진 잉크 방울 번지듯 사랑이 마음속에 순식간에 퍼지는 느낌이었다. 손주에게는 자식에게 느꼈던 애정과는 또 다른 종류의 애정을 느끼게 된다. '사람이 이렇게나 귀여울 수가 있다니?'

가족은 역시 어울려 살아야 하는 모양이다. 조용하던 집안이 소란스럽지만 생동감이 넘친다. 한동안 꺼내 쓰지 않던 그릇을 찬

장에서 꺼내느라 내는 달그락 소리도 경쾌하게 느껴진다. 부침개의 기름 냄새도 더 없이 고소했다. 따스함. 모처럼 가족이 모이니 훈기가 도는 것이 사람 사는 집의 냄새를 솔솔 풍기고 있다.

　손주들과 놀아주다가 잠시 숨을 돌릴 겸 서재 창가 쪽 소파에 앉았다. 까르르 까르르, 무엇이 그리 신나는지. 손녀딸의 웃음소리가 서재 안까지 들려왔다. 아이들이 결혼하여 분가하고 나니, 전에는 꽉 찬 것처럼 느껴지던 61평의 아파트가 우리 부부에게는 텅 빈 것처럼 느껴졌다. 지난 날 세 남매가 각각 쓰던 방을 그대로 두어 아이들이 지금도 함께 있는 기분을 맛보고 싶었지만 별 소용이 없었다. 세 명의 온기가 빠져나간 빈자리를 두 부부의 온기로 채우기에는 역부족이었다. 다행히 아이들은 자신들의 모습과 또 우리 부부의 모습을 닮은 손주들을 금방 낳아주었다. 그리고 명절 때나 생일이 되면 손에 등에 쥐고 업고 손주들을 데려와 사람의 온기로 데워주니 얼마나 다행스럽고 감사한 일인지 세상 사는 맛이 났다. 지금의 안온함과 구순함을 음미하고 있으려니, 돌아가신 어머니 생각이 떠올랐고, 이내 고생했던 시절이 그리움으로 다가왔다.

　6·25 피란길에서 한숨 쉬시던 어머니, 시장 길가 흙바닥에 쪼그리고 앉아 깔판 위에 미제물건 올려놓고 지나가는 사람 눈치 보시던 어머니, 새벽기도나 식사기도 때면 방언을 섞어 기도하시던 어머니, 도브비누 사러 부산으로 가시며 '무거우니 마중 나와라' 하시던 어머니의 음성이 들리는 듯하다. 하늘나라에서 편안히 계시는지? 내가 저세상에서 어머니를 만나면 뭐라 말씀하실까? 어머니에

대한 애잔함이 밀려와 가슴이 무너지듯 뭉클했다.

이렇게 내가 잠시 옛 생각에 젖어들 때 딸 현율이가 서재 문을 빠끔히 열어 보더니 나와 눈이 마주치자 성큼 안으로 들어왔다. 딸은 예사롭지 않은 눈빛으로 내게 뭔가를 불쑥 내밀며 물었다.

"아빠, 이 상자, 뭐예요? 오래된 것 같은데 처음 보는 거예요. 겉에 예쁜 꽃 그림이 있는데……?"

현율이 말로는 손자 예찬이 녀석이 딸이 내게 하듯이 불쑥 내밀며 묻더란다. 녀석이 온 집을 누비고 놀다가 창고처럼 사용하던 방 어딘가에 꽁꽁 숨겨두었던 상자를 보고 이상히 여겨 제 엄마에게 가져간 모양이었다.

"아, 그건 아빠의 추억이 들어 있는 소중한 물건이다."

딸이 내미는 상자를 받아들고 보니 세월을 비켜갈 수 없었는지 상자는 누렇게 바랬고 뚜껑과 앞면에 극세화로 그린 꽃 그림만이 컬러사진처럼 선명했다. 빨강, 분홍, 자주, 하양……. 모두 과꽃 그림이다.

✻　✻　✻　✻　✻　✻

내 가슴에 사랑을 영글게 해준 정옥은 과꽃, 애스터(aster)라는 애칭으로 불러주면 좋아했다. 나는 애스터에게 두 번 편지를 보냈는데 두 통 모두 사랑을 담은 편지였다. 그 후 그녀로부터 답장을 딱한 번 받았을 뿐이다. 나는 이어서 서른여덟 통의 편지를 더 썼지만 보내지는 않았다.

나는 동네 목공방에 부탁하여 향나무로 상자를 만들고, 화백인친구에게 부탁하여 그 상자의 뚜껑과 앞면에 과꽃을 그려 넣었다. 그 상자에는 부치지 못한 서른여덟 통의 편지와 그녀로부터 받은한 통의 편지 그리고 1캐럿짜리 다이아몬드 목걸이가 들어 있다. 나는 그것으로 애스터를 추억했고, 비밀스럽게 보관해 왔다. 무려47년이 넘도록 말이다.

입대 후 처음 써 보던 편지

과꽃에게

애스터, 안녕!
나의 허물을 알고서도 솔직하다고 말해 준 정옥이.
그동안 주고받은 언약들은 꽃이 되고 소망이 되었고
나는 지금 이 편지를 쓰고 있습니다.
어느새,
내 가슴에 사랑의 싹이 자라고 있습니다.

옷 입은 채 강물에 들어갔을 때 발레리나 같아 보였던 애스터,

그때부터가 서로의 마음을 열어 보인 꿈같은 시간이었겠지요.

나는,

이제 갓 태어난 아기처럼,

세상의 모든 것이 온통 새롭기만 합니다.

그대는 나의 소망, 나의 모든 것입니다.

성공, 행복, 그 모두를 '애스터와 함께' 이루고 싶어요.

고된 군사훈련 속에서도 내가 웃을 수 있었던 이유는

"어떤 어려움이 와도 내겐 애스터가 있잖아."라고

떠올릴 수 있었기 때문입니다.

새벽부터 정옥이 생각으로 하루를 시작합니다.

그것은 애스터가 넘치도록 큰 사랑을 선물해 준 까닭입니다.

진정 고맙습니다.

라꽃, 너는 이렇게나 귀중한 사랑으로 내게 다가왔구나.

사랑해.

11월 21일

논산 훈련소에서 박오민

※ ※ ※ ※ ※ ※

두 번째 써 보낸 편지

사랑하는 라꽃에게

안녕, 잘 있었어요?

오늘은 모처럼 훈련이 없는 일요일.

옆에서 훈련병들이 편지 쓰는 모습이 진지하네요.

애스터가 이 편지를 받아 볼 걸 생각하니 미소가 지어집니다.

설레고 신나는 마음으로

가슴이 벅차네요.

운동 미인이라며 해맑게 웃던 소녀,

꽃밭에서는 꽃말을 묻던 처녀,

단풍구경을 같이 가자던 애스터,

이젠 나의 행복이 되어버린 너.

올해도 어느새 마지막 한 달.

되돌아보니 올해는 나에게 뜻깊은 한 해.

라꽃, 정옥을 사랑하게 된 한 해.

어제 군복을 찬물로 세탁했습니다.
아직 늦가을인데 겨울이 너무 앞질러 닥쳐와서
손이 빨갛게 얼어버렸지만
애스터를 생각하니 오히려 웃을 수 있었습니다.

보고 있어도 보고팠는데···,
훈련이 끝나면 잠시 휴가가 있겠죠?
그때는 애스터와 코라도 한 번 비벼 보고 싶어요.
사랑해.

11월 28일
라꽃을 사랑하는 박오민.

✳   ✳   ✳   ✳   ✳   ✳

꿈엔들 잊힐리야

09

. . .

빙산을
만난 배

나는 1월 하순 논산훈련소 훈련과 영천에서 행정훈련까지 마치고 첫 휴가를 나왔다. 어머니는 농사철이 아니어서 대전 집에 살고 계셨다. 날씬해지고 건강해 보이는 나를 위아래로 여러 번 살펴보시면서 부드러운 목소리로 말씀하셨다.

"훈련받느라 고생이 많았지?"

어머니는 마늘, 황기, 인삼과 같은 한약재를 듬뿍 넣어 닭을 삶으셨다. 아버지 몫으로 남겨둔 반 마리를 제외하면 전부 내 몫이었다. 큰 냄비에 담긴 백숙에서 김이 피어오르고 있었다. 살점이 제법 많이 붙은 닭다리를 집어 건네는 어머니의 손길에는 군인이 된 아들에 대한 걱정이 숨어 있는 듯했다. 어머니의 사랑처럼 따뜻하게 느껴지는 닭다리를 뜯고 있는데 어머니가 불쑥 던진 한마디가 비수처럼 내 가슴에 꽂혔다.

"여자가 그리도 없냐? 왜 하필 정옥이냐?"

나중에 들은 이야기로는 내가 입대한 후 어느 날 어머니가 정옥이를 불러내어 얼굴을 붉히며 큰 소리로 면박을 주었다는 것이었다.

"안 된다. 어디 내 아들을 넘보다니! 언감생심이지, 꿈도 꾸지 마라."

25일간의 제법 긴 휴가였고 꿀맛 같은 시간을 보내리라 예상했지만, 고향에는 갈 수 없었고 대전과 서울에만 머물러야 했다. 어머니가 반대하신다는 이야기가 나올 것이 분명하고 어머니의 뜻이 너무도 완강해서 어떻게 해야 할지 전혀 생각의 맥락을 잡을 수 없었다. 그녀를 만나서 어떻게 위로할지, 어떤 핑계를 대야할지 도무지 묘안이 떠오르질 않았다. 정옥이가 못 견디게 보고 싶고 만나고 싶었지만 참아야만 했다. 가슴에 꽂힌 어머니 말씀이 내 머리를 짓눌러 그녀를 만날 용기를 낼 수 없었다. 어머니의 반대를 해결하고 우리 둘 사이를 확실히 할 수 있을 때까지 그녀를 만나는 것을 참아야 할 뿐 별도리가 없다는 생각이 들었다.

　시간이 가고 계절이 바뀔 때마다, 친구들이 자기 여자 친구를 인사시켜 줄 때면 특히 그녀를 보고 싶은 마음에 사무쳐 미칠 것만 같았다. 아무런 연락도 없는 나를 어찌 생각할까? 겨우 내가 한 일이란 보고 싶고 사랑한다는 말을 수시로 편지에 쓰는 것뿐이었다. 어떤 때는 하루에 두세 번씩 편지를 썼다. 하지만 쓴 편지를 보낼 용기가 나질 않아 어머니와의 문제가 해결될 때까지 간직해 두기로 했다.

　제대한 직후 나는 곧바로 은사님의 소개로 직장에 다닐 수 있었고 부모님으로부터 경제적으로 독립하게 되었다. 그리고 서울로 상경해 아직 학생인 동생들과 함께 전셋집을 구해 생활을 꾸려나갔다. 자식들이 셋이나 서울에 있으니 어머니는 김치며 반찬거리를 챙겨서 자주 올라오셨다. 그날도 어머니가 오셨는데, 마침 영화 '춘향전'이 인기리에 상영되고 있었을 즈음이었다. 애스터와 마지막 만났을 때의 일이 생각나기도 해서 아무리 바쁜 일이 있더라도 꼭 그 영화를 보고 싶었던 나는 동생들과 함께 어머니를 모시고 '춘향전'을 보러 종로 3가에 있는 단성사로 갔다. 내가 하필 춘향전을 보려한 데에는 애스터와의 추억 외에도 또 다른 목적이 있었다. 영화관람 후 극장에서 나와 고급 레스토랑으로 어머니를 모셨다.

어머니는 연신 싱글벙글 웃음꽃을 피우셨다. 아들딸들과 함께 재미있는 영화도 보고 고급음식점에서 맛있는 음식까지 드시니 그럴 만도 했다. 동생들도 이런 날이 일 년 내내 있었으면 좋겠다는 표정들이었다.

식사를 마친 나는 물을 한 모금 마신 후 어머니한테,

"어머니, 춘향전 재미있게 보셨어요?"

하고 물어 보았다. 그러나 단순히 영화 감상평을 듣기 위한 질문은 아니었다.

"정말 재미있더구나. 영화도 영화지만 너희들과 함께 이렇게 나들이 해본 게 얼마만이냐? 그것도 서울에서……. 뿌듯하다."

그러고는 '많이 웃을수록 장수한다.' 하고 노래하듯 말씀하시면서 크게 소리 내어 웃으시는 어머니의 표정에 행복감이 넘쳤다.

"'암행어사 출도야!' 하니까 어머니도 박수를 치면서 벌떡 일어나시던데요? 그 대목에서 그렇게 신나셨어요?"

"그래, 가슴이 뻥 뚫리는 것처럼 시원하더라."

나는 어머니가 뭐라 하실까? 조마조마하며 그러나 기대를 걸고 어머니 눈치를 살피다가 미소를 띠우고 밝은 목소리로 이렇게 물었다.

"이몽룡이 춘향이와 백년가약을 맺은 건 참 잘한 일이죠? 어머니, 그렇죠?"

"……."

순간 어머니의 얼굴에서 웃음기가 싹 사라졌다. 어머니는 할 말씀을 잊어버린 듯, 잠시 침묵하다가 단호한 음성으로 말씀하셨다.

"절대 안 되지. 이몽룡 집안은 어찌 되는지 모르지만……. 내 눈에 흙이 들어가도 안 되는 것은 안 된다."

나는 그만 머쓱해졌다. 실망감과 패배감에 마음이 내려앉는 듯했다. 예상하지 못한 일은 아니었지만 그래도 일말의 희망을 가졌었는데 절망감이 목구멍을 죄어왔다. 어머니가 야속하게 느껴졌다. 나는 어금니를 깨물며 속으로 중얼거렸다.

'아들이 좋아하는데, 왜 이렇게 반대하실까? 내 마음을 왜 이리 몰라주시는 거야?'

내가 정옥이와 결혼하고 싶은 것은 결코 그녀가 얼굴이 예쁘기 때문만은 아니었다. 마음씨도 향기롭고 바른 심성을 지녔지만 그보다도 자랑 아닌 자랑을 늘어놓는 나의 그런 단점조차 있는 그대로 좋게만 보아주었기 때문이었다. 그녀의 그런 점이 내가 나를 사랑하는 것보다 그녀가 나를 더 사랑해 주는 것처럼 느끼게 했다. 그녀라면 평생을 함께 할 수 있을 것 같았다. 나를 따뜻한 시선으로 바라보며 항상 밝게 웃는 그녀의 모습에는 묘한 매력이 넘쳤다. 그런 여인을 어찌 사랑하지 않을 수 있단 말인가.

어머니는 정옥에 관하여 아무 것도 묻지도 않고 말씀도 안 하시면서 무조건 결혼상대로 부적격이라는 것이었다. 정옥에 대하여 조금이라도 말을 꺼내려는 눈치만 보여도 크게 호통을 치며 나무라셨다. 그래서 난 정옥이와의 결혼 문제에 대한 해결의 실마리조차 찾지 못한 채로, 그녀를 만나지도 못하고 있었다. 이 같은 어머니의 살벌한 반대와 긴 헤어짐은 나에게 애스터에 대한 그리움만 커지게 했고, 가슴이 터져 버릴 것만 같았다. 그녀를 만나는 동안 나는 그 어떤 사랑의 징표 하나 주지 못했다. 경제적으로 여유가 없었기도 했지만 그럴 만한 기회도 찾지 못했기 때문이다. 그것이 늘 마음에 걸렸다. 그러던 중 제대한 이듬해에 업무차 유럽출장을 가게 되었다. 그녀를 잊고 싶지 않은 마음에, 아니 그 동안에도 그녀를 잊지 않았다고 핑계 댈 생각을 하면서 이탈리아에서 1캐럿짜리 다이아몬드 목걸이를 샀다. 사랑의 마음을 전할 수 있는 기회가 오거나 청혼할 수 있는 기회가 오면 그녀 앞에 무릎을 꿇고 바치려고……, 목걸이를 받아들고 여느 때처럼 환하게 웃을 그녀의 모습을 떠올리면서.

모든 수단을 동원해 어머니를 설득한 다음 그 동안 써서 간직하고 있는 사랑의 편지와 함께 목걸이를 전해 주리라. 그리고 못 만난 아쉬움을 달래 주어야겠다. 이렇게 마음먹고 그녀와 관련된 모든 것을 상자에 담아 보관하기 시작했다.

그러나 어머니는 내가 어떻게 할 수 없는 철옹성이었다. 다른 일에는 너그러우신 어머니인데 정옥이와의 결혼에 대해서만은 요지부동으로 말조차 꺼내지 못하게 했다.

마음속의 갈등으로 어머니와 전쟁 아닌 전쟁을 치루는 동안 몇 날 며칠 밤잠을 설쳤는지 모른다. 오직 그녀와 결혼하고 싶은 마음 외에는 어떤 마음도 남아 있지 않았다. 어머니를 설득할 수 있는 방법은 없을까? 어떡하면 좋단 말인가? 도대체 왜 이렇게까지 반대하시는가?

정옥이와 결혼을 할 수 없다면 더 이상 살아갈 의미가 없는 것 같았다. '어머니의 반대를 무시하고 결혼해 버릴까?' 생각도 해보았다. 그마저 불가능하다면 차라리 죽어버리고 싶다는 충동이 골짝에 몰려온 먹장구름처럼 나를 뒤덮어 왔다.

'춘향전'을 보고 난 이후로는 집안에서 정옥이 이야기를 입에 올리지 못했다. 어머니의 반대를 극복할 묘안을 찾기 위해 친구, 선배들에게 도움을 청하였지만 하나 같이 어머니 의견을 따르라고 했다. 우리 사랑이 온 세상으로부터 외면당하는 느낌이었다. 쓸쓸하고 쓸쓸했다.

그러나 내겐 어머니를 설득할 마지막 보루가 있었다. 바로 아버지였다. 물론 아버지는 거의 모든 가정 일에서 어머니 의견을 존중해 주시는 분이시기에 큰 기대는 할 수 없었다.

"아버지, 제 결혼과 관련해서 말씀드릴 것이 있는데요."

이렇게 결혼 이야기를 꺼내니 아버지는 평소의 온화한 표정은 감추시고 근엄한 표정을 지으셨다. 그러곤 간단히 대답하셨다.

"네 어머니에게서 이미 들었다. 어머니 의견에 따르기를 바란다. 나도 반대한다만 만약 네 어머니를 설득한다면 찬성해 주마."

결국은 원점이었다. 어머니를 설득하지 못하면 정옥과의 결혼은 부모님의 축복 속에 이루어질 수 없는 일이었다.

그렇다면 어머니를 설득할 좋은 대책은 없을까? 그 분이라면 좋은 해결책을 제시해 줄지도 모른다는 생각에 마지막으로 존경하는 윤 교수님 댁에까지 찾아갔다. 나의 지도교수인 윤 교수님은 심리학을 부전공으로 공부하신 분이니 해결의 비책이 있으리라. 나는 정말 간절히 바랐다.

"교수님, 제가 결혼하고 싶은 규수가 있는데요, 모친께서 심하게 반대하십니다. 어떡하면 좋겠습니까?"

"반대하시는 이유가 뭔가?"

"이유를 도무지 말씀하지 않으세요. 무조건 '걔는 안 된다.'고 하십니다."

"그래도 짐작되는 이유가 있을 텐데?"

"고향 한 동네 살아서 평소 서로의 집안형편도 잘 알고 있죠. 그 처녀는 집안이 어려워서 중학교만 간신히 졸업했어요. 학벌이나 모든 것이 어머니의 기대치에 못 미쳐서가 아닐까 그렇게 짐작하고만 있습니다."

그러자 윤 교수님이 말했다.

"부모님은 자네 결혼을 개인의 일이 아니라 집안일로 생각하실 거네. 그러니 반대하실 만 하지 않은가? 자네 형수도 대학을 나오지 않았는가? 그런데 자네가 좋아하는 처녀는 시골에서 중학교를 간신히 졸업했다니……. 무척이나 차이가 나는군."

"결혼은 집안일이기도 하지만 결국은 제 평생을 누구와 함께 할지는 제가 결정할 일이죠. 제 마음이 가장 중요한 것 아닌가요?"

내가 반문하자 교수님이 다시 물었다.

"연애와 결혼은 좀 다르지 않나? 부모님 반대에도 불구하고 자네가 그 처녀와 굳이 결혼하려고하는 이유가 참 궁금하네."

"예, 무엇보다 그 처녀는 예쁩니다. 처음 만났을 때 얼마나 청순해 보이던지……. 저를 온통 사로잡아 버렸어요."

그러자 교수님께서 미간을 찡그렸다. 다소 어이없어 하는 것 같기도 했다.

"예쁜 여자가 과연 좋은 아내일까?"

"물론 미모 때문만은 아닙니다. 그녀는 저의 부족함과 실수까지도 있는 그대로 받아줍니다. 제가 하자는 것을 단 한 번도 거절해본 일이 없었습니다. 쑥스럽고 하기 힘든 일까지 모두 받아주고 따라 줍니다. 가정 형편 때문에 중학교를 마치고 고등학교에 진학은 못했지만 저보다 책도 더 많이 읽었고요. 신체도 건강한데다 그녀와 대화를 하면 무엇보다 마음이 참 편안합니다. 그녀처럼 저를 인정해 주고 알콩달콩 이야기를 나눌 수 있는 아내를 원합니다."

"흠, 그렇다면 장모님 되실 분은 어떤 분이신가?"

"남편을 마치 임금님 모시는 것처럼 섬기는 분으로 동네에 소문이 자자한 분이십니다."

은사님은 껄껄 웃으며 말씀하셨다.

"그런 처녀라면 참 좋은 아내가 될 수 있겠군. 나도 다시 결혼한다면 그런 여자와 하고 싶군 그래."

"어머니는 이런 이야기를 아예 들으려고도 하지 않습니다. 여자는 얼굴도 능력이련만 '여자가 너무 예쁘면 안 된다'고까지 하십니다. 어머니는 그 처녀의 장점을 보아 주려고는 하지 않고 무조건 무시하기만 합니다."

"아들이 한사코 주장하면 결국은 양보하시겠지. 요즘 세상에 자식 이기는 부모가 어디 있겠는가?"

"자식 이기는 어머니도 있지 않습니까? 영국의 에드워드 황태자가 이혼녀인 심프슨 부인과 결혼하려고 하자 메리 왕비가 반대하여 아들을 가문에서 축출하고 영국에서 떠나도록 하지 않았습니까? 저의 어머니는 메리 왕비보다 더 하면 더했지 절대 호락호락한 분이 아니시거든요."

"메리 왕비는 아들의 결혼을 왕실의 문제로 보았겠지. 게다가 도덕성이나 국민들의 감정에 이르기까지 모든 걸 고려했을 거고. 어른이라면 당연히 종합적인 판단을 해야 옳지 않겠나?"

"예, 저도 어머니를 충분히 이해합니다. 어머니는 저희를 위해 희생하신 분입니다. 감히 어머니의 말씀을 거역하고 싶지 않습니다. 어머니를 일찍 여읜 친구 녀석 하나는 어머니가 살아 계시다는 것 자체가 부럽다면서 무조건 어머니 말을 따라야 한다고 합니다. 저도 어머니가 건강하시고 지금껏 함께 지낼 수 있다는 것에 감사합니다. 하지만……."

"허어, 그렇다면 결론은 이미 나와 있네 그려. 듣고 보니 상의하자는 게 아니라 하소연을 하러 온 거로군."

조언과 동의를 구하고자 만났던 많은 이들이 연애와 결혼은 다른 것이라며 어머니의 뜻을 따르길 종용했다. 마지막으로 기대했던 윤 교수님도 마찬가지였다. 결혼의 당사자는 나였지만 가족과 지인들을 등질 수는 없었다. 더구나 가족을 위해 평생을 희생해 오신 어머니였다. 어머니를 설득하기란 요원해 보였고 그렇다고 거역하고 결혼할 수도 없었다.

"선생님, 제가 그녀와 결혼하고자 하는 또 하나의 중요한 이유가 있습니다. 그것은 제가 돌아선다면 그녀가 얼마나 마음 아플까 하는 것입니다. 버림받은 그녀의 영혼이 얼마나 참담하겠습니까? 사랑하도록 해 놓고 모른 척 뒤돌아서야 하는 제가 죽도록 싫습니다."

나는 고개를 숙였다. 그녀의 참담함과 슬픔이 보이는 것 같아 가슴이 먹먹해 더 이상 말을 이어나갈 수 없었다.

"자네가 한 행동에 책임을 지려는 걸 보니 참으로 대견하고 뿌듯하네. 내가 제자를 잘 둔 것 같군. 하지만 어머니의 반대를 무릅쓰고 결혼한다고 그 처녀가 행복할 수 있을까? 어머니와 아들을 갈라놓고 한 결혼이 마냥 편할까? 아마 그 처녀도 그런 결혼은 원하지 않을 거야. 모든 이들의 축복 속에서 결혼하고 싶을 테지. 그러니 그 처녀를 포기하게 난 자네가 어머니 의견을 따르는 것이 옳다고 생각하네."

02
. . .

창가에
햇살이
드리워지던 날

정옥이가 나에게 다가온 것, 아니 내가 그녀에게 다가간 것은 정말 우연한 계기로 인해서였다.

내가 초등학교 2학년이었을 때였다. 그해 여름 일어난 한국전쟁으로 우리 집은 화마에 소실되었다. 시커먼 불길로 새까맣게 숯이 된 서까래를 보았을 때의 황망함은 눈물 한 방울도 흘리지 못하게 했다. 메케한 연기와 타는 냄새 속에서 폐허가 된 고향집터를 뒤로 하고 우리는 다른 터전을 찾아야 했다. 그 후 우리 가족은 여기저기 이사를 다니기 시작했다.

나는 초등학교 4학년부터 고등학교까지 대전에서 다녔다. 어머니는 불타버린 집터 옆에 임시로 방 세 개짜리 간이농가를 짓고 꽤 많은 논밭의 소출을 관리하느라 농사철이면 고향에서 지내실 때가 많았다. 난 방학이 되면 고향집으로 가서 동네 아이들과 어울려 놀았다. 정옥이도 한 동네에 살았지만, 다섯 살이나 어린 코흘리개 계집아이였으니 전혀 관심의 대상이 아니었다.

대학 4학년 때부터 조교 생활을 하다가 이듬해 대학원에 진학하였고 그해 8월에 군 입대영장을 받았다. 논산훈련소 입대일은 10월 27일로 입대까지 두 달 보름이나 남았지만 어머니 곁에서 푹 쉬고 싶어서 입대일보다 두 달 반 정도 일찍 고향으로 내려갔다.

내가 고향집에서 지내기 시작한 지 얼마 지나지 않아 부역을 해야 할 일이 생겼다. 고향에 내려가기 직전인 8월 중순에 태풍이 몰아쳤을 때 마을 한 가운데를 가로지르는 도로에 깐 자갈과 모래가 빗물에 쓸려나가 여기저기 웅덩이가 깊이 파였기 때문이다. 지금

창가에 햇살이 드리워지던 날

같으면 시나 구청 등 지자체에서 도로공사를 해주겠지만 당시만 해
도 동네에서 알아서 보수작업을 해야 했다. 한 집에 한 사람씩 차
출해서 동네 할당구역을 무보수로 책임져야 하는 의무노역, 즉 부
역이라는 방법으로 마을 사람들이 직접 해결해야 했다.

우리 집에서는 시간이 여유로운 내가 삽을 들고나갔다. 현장에
는 면사무소에서 나온 한 사람과 동네에서 차출되어 나온 열세 사
람이 삽과 괭이를 들고 모여 있었다. 대개가 사오십 대로 보이는
동네 어른들이었고 예쁘장하게 생긴 처녀도 한 명 있었다.

나는 열심히 거들고 싶어 삽으로 자갈들을 이리저리 밀쳤으나 삽
질을 해본 적이 없다보니 서툴렀고 생각보다 일이 매우 힘들게 느
껴졌다. 일이 손에 익은 어른들에게는 일손을 돕는 것이 아니라 오
히려 방해꾼처럼 느껴졌으리라.

"어이, 오민이하고, 정옥이! 저리 비켜 있지."

그때 나는 갓길 한쪽으로 비켜서서 길 반대편에 서 있던 처녀를
힐끔 쳐다보았다. 정옥이라고?

나는 이번에는 유심히 쳐다보았다.

'헉! 쟤가 저렇게 예뻤던가?'

내 눈이 휘둥그레졌다. 내가 어린 시절에 보았던 옆집 정옥이가
예쁜 처녀로 변해 있었다.

도로를 고르는 일은 생각보다 빨리 끝났다. 한 시쯤 시작한 일이
네 시가 조금 지나 모두 마무리되자 동네 이장은 수고했다며 집으
로 돌아가도 좋다고 했다.

더운 날씨에 일하느라 온 몸이 땀범벅이 된 마을 사람들은 삼삼오오 목을 축인다며 막걸리를 마시러 주막집으로 몰려갔다. 이십대인 나와는 나이 차이가 많이 나는 어른들이 대부분이고 그 중에는 친한 사람도 없는데다가 술도 별로 좋아하지 않았기에 나는 곧장 집으로 갈 생각이었다.

그러다 괜스레 정옥이에게 시선이 갔다. 정옥이네 집은 우리 집에서 불과 세 집 건너에 있었다. 그녀와 나는 같은 방향이었다. 논두렁을 타고 가면 집까지 반시간 정도 걸리는 거리였다.

불과 열 걸음도 채 걷지 않았는데 가슴이 쿵쾅거리기 시작했다. 나는 스물다섯 살이나 먹었지만 숫기도 없었고 공부한답시고 한눈팔 새도 없어 여자와 말 한번 제대로 나눠 본 적이 없었다. 그야말로 숙맥인 셈이었다. 그런 내가 귀엽고 예쁜 처녀와 단둘이 걷게 되니 엄청 어색하고 쑥스러워서 크게 긴장되었다. 하지만 한편으로는 왠지 모르게 어깨가 으쓱해지고 온몸에 힘이 차오르는 걸 느꼈다.

정옥이는 하얀 블라우스에 정강이 아래까지 내려오는 회색 주름치마를 입고 있었다. 얇은 여름옷감으로 지은 것이라 시원해 보이기도 했지만 몸매의 윤곽이 드러나 보였다. 적당한 키에 가는 허리, 균형 잡힌 몸매였다. 웃옷 밖으로 드러난 가늘고 긴 목선과 소매를 반쯤 걷은 두 팔만이 햇볕에 가볍게 그을렸을 뿐 얼굴이나 목은 잡티 하나 없이 맑고 부드럽게 보이는 백옥살결이었다. 더구나 얇은 옷 위로 드러난 봉긋한 가슴과 풍만한 엉덩이의 실루엣을 보자 내 가슴이 더욱 두근거렸다.

　도랑을 건너 뛸 때마다 반짝거리는 곧은 머리카락, 쨍쨍 내리 쬐는 햇볕에 하얀 피부가 검은 머리카락과 조화를 이루었다. 그녀는 한 마리 청초한 암사슴이었다. 마치 수컷 공작새가 화려한 꽁지깃털을 세우듯 나도 무언가로 그녀 앞에서 위세를 떨고 싶어졌다. 그녀 앞에 존재감을 드러내고 싶은 마음에 내 영혼이 야릇하게 흔들리기 시작했다.

　논두렁에는 토끼풀이 빼곡히 자라서 초록색 카펫을 깔아 놓은 듯했다. 카펫 위에는 하얀 클로버 꽃이 여기저기 올라와 있었다. 나는 왠지 의기양양한 사관생도가 되어 귀한 방문객을 안내하고 있는 것처럼 우쭐대고 싶어졌다. '저 토끼풀꽃으로 꽃반지를 만들어 줄 수 있을 텐데' 하는 생각이 스쳤지만　지금 이 나이에는 어울리지 않는 것 같았다. 머리를 흔들어 생각을 떨쳐버린 후 다섯 살 위인 남성답게 의연하게 행동해야 한다고 마음을 다잡아 보았다.　그러나 심장은 여전히 걷잡을 수 없이 쿵쾅거리기만 했다.

　그녀에게 '삽을 들어주겠다.'고 말을 건네고 싶었지만 그 말을 입밖에 내지 못하고 몇 차례 정옥이 쪽을 슬쩍 돌아보기만 했다. 그러다가도 한편으로는 삽을 들고 가는 내 뒷모습이 정옥이에게 어떻게 보일까 신경이 쓰였다.

　논두렁길은 폭이 좁아서 한 사람씩 지나갈 수밖에 없었다. '길폭이 넓다면 나란히 걸으면서 서로 인사말이라도 주고받을 수 있을 텐데.' 아쉬웠다. 그러나 막상 넓은 길이 나와서 나란히 걷게 되었을 때에도 입이 떨어지지 않아 말을 건네지 못했다. 그녀와 가까워지고 싶다는 갈망으로 시간이 흐를수록 침이 마르고 입술만 바짝바짝 타올랐다. 심호흡을 해서 진정시키려 했지만 심장의 고동소리는 더욱 커져가고 얼굴까지 화끈거렸다.

8월 말, 여름의 열기가 수그러들고 산들바람이 불어 한여름보다는 선선해졌지만 서녘의 햇살은 아직 따가웠다. 강둑 아래 펼쳐져 있는 벌판에는 초록색 벼들이 사르르, 자르르 출렁거리며 파도타기 응원이라도 하는 듯했다. 파아란 하늘에는 두둥실 떠가는 뭉게구름이 어느 결엔가 코끼리 모양 양떼 모양으로 순간순간 변했다. 삽을 하나 씩 들고 가는 우리의 모습은 다정한 남매가 같이 밭일을 하러가는 것처럼 보였을지도 모른다. 그때의 마음이 그랬다. 평화로운 오후, 아름다운 풍경, 그보다 더 아름다운 그녀, 그리고 젊은 나, 논두렁 길가에 내 허리만큼 자란 풀이랑 벼들도 바람결에 '오! 두 사람 잘 어울려요, 보기 좋아요!'라고 속삭이며 예쁜 처녀와 함께 걷고 있는 나를 축복하고 있는 듯했다.

행복감에 도취되어 정옥이를 바라보니, 불어오는 바람에 살랑살랑 조용히 물결치는 머릿결이며 하얗고 고운 얼굴이 너무도 아름다워 보였다. 내 시선을 의식했는지 동그란 토끼눈이 되었다가 곧 시선을 아래쪽으로 돌리는 모습도 더없이 순수하고 귀엽게만 느껴졌다.

그녀의 아름다움에 대한 감동은 나도 모르게 혼잣말로 연신 중얼거리게 하였다.

'어휴, 저렇게나 예쁘다니! 엄청 귀엽고 사랑스러워'

입추가 지난 들녘에는 벼가 익어가고 논 가운데에는 농부의 손길이 미치지 못한 피가 한두 개씩 멀쑥하게 웃자라 있다. 논도랑에는 맑은 물이 넘칠 듯이 졸졸 흐르고, 물 위에 소금쟁이가 총총 뛰어다녔고 물속에는 송사리와 피라미 떼가 술래잡기라도 하는 듯 이리저리 몰려다녔다. 부지런한 일꾼들이 세운 허수아비에 달린 깡통이 내는 딸그랑 딸그랑 하는 소리는 바람을 타고 굴러가며 운치를 돋웠다. 내 고장 농촌의 풍경은 그렇게 아름다울 수가 없었다.

뭉클한 행복감에 마음이 벅차올라 나는 큰 소리로 외쳤다.

"와아! 와아! 송사리 떼다!"

그녀는 나의 호들갑에도 감감 반응이 없었고 그저 말없이 다소곳하게 걸어갈 뿐이었다. 그녀를 다시 힐끔 쳐다보았다. 얼굴에 수줍은 미소가 엿보였다.

시간은 왜 이리 빨리 흐르는지. 어느새 집 근처까지 와서 대문을 서너 걸음 앞두었다. 난 참지 못하고 불쑥 말을 꺼냈다.

"저녁 먹고 학교당다리로 나갈 건데……, 나오지 않을래?"

순간 그녀와 눈빛이 마주쳤다. 불그레한 두 볼, 깊이를 알 수 없는 눈동자, 그녀의 눈은 꽃이랄까 별이랄까? 내 말을 들었음이 분명한데도 그녀는 아무런 대꾸도 하지 않은 채 치맛자락을 펄럭이며 쪼르르 집으로 들어갔다.

03

. . .

사랑은
별빛처럼

우리 마을을 감싸고 왼쪽으로 휘돌아 흐르는 작은 강이 있다. 그 강에는 내가 다녔던 초등학교에서 걸어서 약 삼분 정도의 거리에 다리가 있었다. 마을 사람들이 '학교당다리'라고 부르는 그 다리는 길이가 제법 길고 소달구지 네 대는 동시에 지나갈 수 있을 만큼 넓었다. 다리 밑은 일 년 내내 바람이 불어서 여름이면 훌륭한 피서지가 되었다. 더위가 시작되면 마을 사람들은 약속이라도 한 듯 하나둘씩 이 다리 밑으로 모여들었다. 그늘에서 땀을 식혔고 때로는 물고기를 잡으며 놀다가 밤이 되면 다리 위로 올라와 시원한 밤바람에 더위를 날려버렸다.

그날 나는 저녁을 일찍 먹고 학교당다리로 나갔다. 해질 무렵인데도 아이들은 여름을 보내기가 아쉬운 듯 알몸으로 신나게 물놀이를 하고 있었다. 다리 위에는 덕석이 깔려 있고 바닥이 안 보일 정도로 사람들로 만원이었다. 강둑이라고 다를 것이 없었다. 많은 사람들이 시원한 바람을 쐬러 나와 수다를 떨거나 느긋이 드러누워 쉬고 있었다. 어떤 이는 멍석 깔고 아예 드러누워 있었고, 집에서 쪄온 고구마와 옥수수를 옆 사람과 나눠 먹기도 했다. 땅거미가 내려와 거의 보이지 않을 때까지 장기바둑, 화투놀이를 하는 사람들도 있었다. 시원한 바람이 부는 여름밤, 동네 사람들이 모여 도란도란 삶은 감자에 소금을 찍어 먹는 모습이 마치 한 폭의 풍속화를 보는 것 같았다.

나는 한가롭고 여유로운 척 다리 입구 난간에 기대어 서 있었지만 심장은 여전히 두근거렸다. 너무 긴장했는지 산들바람이 부는데도 땀이 흘렀다. 손부채를 펴서 턱과 목을 향해 점잖게 부채질을 하며 누가 눈여겨본다 해도 겉보기에는 여유 있는 척하려고 애쓰고 있었다.

'정말 나올까? 나오지 않을 지도 모르지.'

난 기대와 기대가 배반당했을 때의 절망감을 저울질하며 기다림의 시간을 보내고 있었다. 그러면서도 한편으로는 내가 정옥이와 같이 있는 것을 동네 사람들이 본다면 쑥덕거릴 테고 요상한 소문이 돌지도 모른다는 생각도 들었다. 더욱이 까칠한 성격으로 소문난 정옥이 오빠 귀에라도 들어간다면 창피하고 난처할 일이 생길지도 모른다.

이런저런 생각을 하며 한참동안 서성거리고 있는데 해는 넘어간 지 한참 되었고 어둠이 스며들기 시작했다. 어느새 옆 사람을 알아보기 어려울 만큼 어두워졌는데도 그녀는 보이지 않았다. 나 혼자 일방적으로 나와 달라고 말한 것일 뿐이지 서로 약속을 한 것은 아니었다. 그래도 시간과 장소를 알고 있을 터이니 늦게라도 나올 것만 같았다. 그런 가운데 무작정 기다리고 있으려니 마음 한 편이 검게 타들어가는 것만 같았다.

"뭐, 서로 약속한 것도 아니잖아. 휴…….."

혼잣말을 하며 난간에 기대었던 몸을 바로 세웠다. 사람들 속에서 정옥이를 찾았지만 여전히 보이지 않았다. 늦게라도 오지 않을까? 제발……. 오고가는 길목에서라도 엇갈리지 않고 만날 수 있기를 바라고 또 바라며 돌아가는 발걸음은 천근만근 무거웠다.

바람 맞은 기분에 의기소침해져서 힘없이 걷기 시작했는데 불과 몇 발짝을 떼지 않았을 때, 아, 오토! 불현듯 그녀가 와 있다는 직감이 스쳤다.

그리고 초저녁 달빛마저 숨죽인 어둠 속이지만 사람들 틈새에 숨은 듯 끼어 있던 그녀와 눈이 마주쳤다. 수줍어하는 방긋거리는 미소가 느껴졌다. 야호! 실망감으로 땅속으로 기어들어갈 듯 주저앉은 내 마음에 기쁨이 솟구치는 느낌이 들었다. 그러나 난 그녀에게 곧장 가지 않고 살짝 손을 들어 보였다. 그러고는 사람들이 의식하지 못하도록 시원하게 펼쳐진 강둑을 따라 아래쪽으로 향했다. 좀 전과는 달리 의기양양해져 어깨에 힘이 솟아오르고 자꾸 웃음이 터져나오려는 것을 간신히 참고 있었다. 언제부터였을까? 내가 어디 있는지, 얼마나 기다리는가를 숨어서 살펴보고 있었나? 어두워지기를 기다렸나? 이런 온갖 추측을 하며 눈에 익은 강둑과 완만하게 굽어진 둑길을 따라 천천히 걸어갔다. 이쯤이면 대낮에 사람들이 본다고 해도 누구인가 알아보지 못하리라 짐작되는 곳까지 꽤 멀리 내려가서는 경사가 완만한 냇가로 내려가 걸터앉기 적당한 평평하고 널찍한 바위를 찾았다. 바위는 한낮의 강렬한 햇볕을 머금은 채여서 아직도 따스했다. 어렸을 적에 그 바위 아래 쪽 냇가에서 멱도 감고 된장으로 피라미를 잡으며 놀았던 것이 기억났다. 좀 커서는 그물을 던져 잉어도 잡았던 내게는 무척 익숙한 곳이다.

밤바람이 제법 시원하게 불어왔다. 잘 따라와 준 그녀가 어느 결에 다리를 주욱 펴고 바위 위에 앉았다.

한껏 들떠 있는 마음을 간신히 추스르며 차분한 목소리로 말문을 열었다.

"아까, 부역하고, ……, 돌아올 때, 더웠어?"

"너무 더웠어요. 삽도 거추장스러웠고요."

그녀의 목소리는 맑고 깨끗했다.

"내가 들어 주었어야 하는 건데……, 미안해. 아까는 왠지 부끄러워 말이 잘 안 나오더라고."

"오빠도 삽 들고 있었잖아요. 내 것까지 드는 건 힘들죠. 그런데 부끄러움을 타요? 오빠도?"

"푸훗! 예쁜 처녀가 있으니까 나도 모르게……."

"네? 제가 예뻐서 부끄러움을 탔다고요?"

"그러게 말이야, 어렸을 적에는 정옥이, 네가 예쁘다고 생각해 본 적이 없었는데 아님 그때 내가 잘못 보았었나? 어린애일 때에도 이렇게 예뻤던가? 지금 보니 넌 정말 귀엽고 예뻐."

"오빠가 절 귀엽게 보아주니 그렇죠. 예뻐졌다니 좋은데요."

그녀는 웃음을 함뿍 머금은 귀여운 입술로 칭찬에 대한 행복감을 표현했다. 그리고 이어 말했다.

"기다리게 해서 미안해요."

그녀의 목소리가 상큼하게 들렸다.

"약속한 것도 아니고……. 나 혼자 일방적으로 나와 달라고 한 건데 뭘."

우리가 이처럼 서로 말을 주고받기는 처음이다. 한 동네에서 자랐기에 오래 전부터 누구네 집 누구라는 정도로만 알고 있었지 둘이서만 이야기해 본 적은 없었다. 설레고 떨리면서도 온몸에 알 수 없는 새로운 기운이 샘솟듯 솟아나는 것 같았다. 나는 마치 정옥을 사랑할 운명을 타고 난 사람처럼 그 짧은 순간에 사랑하는 감정이 솟구쳐 오르는 것을 느꼈다. 그러나 그런 말을 입 밖으로 꺼낸다면 우리 관계가 틀어질까 두려웠다.

밤은 깊어가고 하늘의 무수한 별들이 금방이라도 우리 위로 쏟아져 내릴 듯이 찬란하게 총총대고 있었다. 정말 숨막히도록 아름다운 밤이었다. 사랑에 빠진 나에게는 어둠 속에서 빛나는 모든 것이 보석처럼 영롱하게 보였다. 내가 이야기할 때마다 눈을 빛내며 들어주는 그녀도 하나의 보석처럼 빛나 보였다. 그러다 문득, '정옥인 외모만큼 마음씨도 예쁠까?', '나를 이해해 주는 성품일까?' 하고 그녀의 마음씨가 어떨지 궁금해졌다.

나는 평소에도 주변 사람들에게 잘난 척한다는 말을 가끔 들어왔다. 그런데 그날따라 더 우쭐해져서 얕은 지식을 그녀 앞에서 현학해 보이고 싶었다. 난 이만큼 똑똑한 남자다, 정말 괜찮은 사내가 아닌가, 하고 잘난 척을 하고 싶기도 했지만 그보다도 그런 나를 이해해 주는가 알고 싶었다. 그래서 일부러 내 자랑을 서슴지 않고 도 넘은 허풍까지 떨었다. 겸손한 사람이라면 묻기 전에는 결코 하지 않을 제 자랑, 누구나 들으면 밥맛 떨어질만하고 이 사람은 참 '교만한 사람이구나.'라고 생각할 허풍도 떨기 시작한 것이다. 한편 그녀의 마음이 떠나면 어쩌나 하는 불안감이 고개를 쳐들었다. 그러나 진정한 운명의 짝인가를 시험해 보고 싶은 마음이 더 컸다.

"대학 3학년 때에는 과대표를 했어. 과대표는 친구들 사이에 인기가 좋아야 하지만 우리학교는 성적도 우수해야만 할 수 있거든.

4학년 때 '한국대학생 모의주주총회 대회'에 나가 최우수발표상도 받았지. 그 후 교수님 연구실에서 조교를 했어. 연구와 수업준비를 도와드리는 일종의 조수 역할을 하는 것인데 수제자만 시켜주는 거거든. 일 년 정도 했는데 얼마 전 군대영장이 나와서 고향으로 내려왔지."

평소의 나보다 좀 더 치졸하게 자랑질을 하며 그녀의 반응을 엿보았다.

"10월 27일에 군에 입대할 건데 제대하면 다시 대학원에 가서 박사까지 마치려고 해. 박사가 되면 곧 교수가 될 수 있을 것 같아. 그리고 유학도 갈 생각이야."

나 잘났다는 말과 능력을 뽐내는 말로 그녀가 해보지 못한 서울생활과 대학생활 그리고 그 교수님은 대통령의 자문역할도 하고 있다는 등의 이야기도 하고 그가 나를 얼마나 총애하는지를 떠벌렸으며 제대만 하면 그 후의 일은 탄탄대로와 같다는 등, 거기다가 일부러 여자들에게 인기가 많다는 말까지 잘도 꾸며댔다.

그녀는 그런 내 속내를 아는지 모르는지 내가 하는 이야기에 연신 고개를 끄덕이며 방글방글 미소를 보냈다. 마치 극락조(bird of paradise)를 처음구경하는 사람처럼 흥미진진한 눈초리로 나를 보면서 말이다.

가정형편이 어려워 시골에서만 자랐고 더욱이 상급학교도 진학하지 못한 정옥에게 생소한 대학원이나 서울 이야기는 어떻게 들렸을까? 내가 자랑하는 모습이 새로웠을까? 아니면 신기하게 보였을까? 그도 아니면 재수 없게 느껴졌을까? 잘난 척하고 허풍이나 떠는 그런 나를 이해해 줄까? 아니면 이미 내 속마음, 내가 그녀를 얼마나 좋아하는지를 알게 됐는지?

하지만 그녀에게는 나의 건방짐과 거만 떠는 모습이 전혀 문제가 되지 않는 듯 보였다. 그녀는 조금도 거북스러워하거나 어이없어 하는 표정이 아니었다. 사랑은 사리분별로 서서히 익어가는 것이 아니라 처음부터 풍덩 빠지는 것인가 보다.

시골 강가의 여름밤은 점점 깊어갔다. 이따금 멀리서 컹컹 개 짓는 소리가 들려왔다. 밤하늘에는 별들이 쏟아질 듯 우리가 앉은 냇가 주위를 맴돌고 있었다. 밤이 깊어갈수록 떨렸던 가슴이 점차 진정되었고 야릇한 행복감이 밀려왔다.

04

. . .

사랑의
못자리

"내일 또 여기야. 일곱 시 반?"

밤이 이슥해져 각자의 집으로 돌아가야 했을 때 난 그녀를 향해 외치듯 말했다. 내 말에 그녀는 고개를 끄덕이더니 춤을 추듯이 사뿐히 집으로 날아가기라도 할 듯한 걸음으로 사라져 갔다.

잠자리에 누우니 벽에 걸린 괘종시계가 열두 번을 울렸다. 꿈인가? 생시인가? 아리따운 정옥이 미소 짓는 모습이 천정에 아른거렸다. 내 의식은 자꾸 정옥이와의 일을 되새기게 하였고 그러자니 들뜬 감정 때문에 잠이 오지 않았다. 이리저리 뒤척이다가 새벽이 되어서야 간신히 눈을 붙일 수 있었다.

다음 날, 어머니는 열한시가 넘어 나를 깨우셨다. 잠기운에서 간신히 헤어 나올 때쯤 아침 겸 점심을 내오셨는데 그날따라 나는 밥맛이 기막히게 좋았고 몸도 웬일인지 날아갈 듯 개운했다.

만남이 사람의 모든 것을 바꾼다고 했던가? 그녀와의 만남은 내 삶에 활력을 불어넣어 주었다. 하루 온종일 그녀 생각만 났다. 하늘을 날아다니는 듯한 기분에 새로운 인생이 시작되는 것 같았다. '입대하기 전에 고향에 내려와 뜻하지 않은 행운을 만났다. 여자 복이 이제야 터졌구나.'라는 생각이 들기도 했다.

세 시쯤에 새참을 먹고 반시간 정도 낮잠을 자고 일어나니 몸이 가뿐하고 흥이 절로 났다. 나도 모르게 목에 힘이 들어가고 두 어깨가 한껏 올라갔다. 이내 "야호 야호!" 소리치고 방방 뛰며 노래를 불렀다.

"봄처녀 제 오시네. 새 풀 옷을 입으셨네.

꽃다발 가슴에 안고, 뉘를 찾아 오시는고.”

목청껏 노래를 부르는 나를 보고 어머니가 이상하다는 듯, 한 말씀하셨다.

“군대에 가서 고생할 애가 뭐가 그리 좋아서 노래까지 부르고……, 웬 신바람이냐?”

“어머니는 몰라도 돼요. 그런 게 있어요. 야호 야호!”

집 앞 가까이에 버스정류장이 있었다. 차부라고 불리는 이곳은 작은 시골마을의 번화가이다. 식당이며 약국 술집 등 가게들도 있고 할머니들이 나물이며 고구마 같은 것을 깔판 위에 올려놓고 팔기도 한다. 이곳에서 학교당다리까지는 걸어서 십오 분 정도 걸리는 거리다. 나는 일곱 시 이십 분쯤에 차부에 있는 가게에서 단팥이 든 오 원짜리 하드아이스케이크 하나와 삼십 원짜리 삼강하드 하나를 샀다. 그리고 행여 녹을세라 그녀가 기다리는 곳까지 달리기 시작했다.

붉게 물든 노을을 배경으로 그 강가 바위 위에 미리 와서 기다리고 있던 정옥이가 나를 보자 미소를 보냈다. 약간 큰 코에 빨간 입술과 보송보송한 목덜미는 내가 기절할 만큼이나 아름답게 보였다.

달려오느라 얼굴이 땀으로 뒤범벅이 된 채 아직 녹지 않은 삼강하드를 내 밀자 그녀는 수줍어하며 받아 들더니 한 입 베어 먹고서는 환한 미소를 지었다. 그녀가 얼마나 행복해하는지 그 표정이 역력했다. 나도 아이스케이크를 한입 베어 맛보았다. 혀끝에 닿자 차

꿈예들 일힌리야

가운 하드아이스크림이 사르르 녹으며 온 몸이 시원해지는 느낌이었다. 그 달콤함과 부드러움이라니. 야아! 그녀가 내 사랑을 받아준다는 느낌이 나를 온통 휘감았다.

그곳, 잔물결이 이는 파란 들녘과 굽어 돌아나가는 두 줄기 강둑, 정겹게 속삭이며 흐르는 냇물이 우리 앞에 펼쳐져 있었다. 이때를 회상하노라면 이 그림 같이 아름다운 풍경을 배경으로 베토벤의 운명 교향곡이 울려 퍼지는 환상이 떠오른다.

강둑 위에 나란히 앉았다. 정옥은 가지런히 두 손을 모으고 앉았다. 가느다랗고 섬세해 보이는 하얗고 예쁜 손이었다. 미인들은 손은 못생긴 경우가 많다던데 그녀는 손마저도 고왔다. 꼬물꼬물 욕망이 끓어올랐다. 그녀의 손을 잡고 싶었다. 손가락 끝만 잡아볼까? 손목을 먼저 잡아 볼까? 어깨를 슬며시 쓰다듬으며 점차 팔을 타고 내려가서 손등을 어루만질까? 혹여 그녀가 뿌리치면 어떡하지?

그녀의 눈치를 살피다가 망설임 끝에 악수하듯 두 손으로 그녀의 한 손을 맞잡았다. 그런 후 손가락에 깍지를 끼었다. 내가 하는 대로 받아 준 그녀의 손은 따뜻하고 부드러웠다.

황혼이 기울어 밤은 짙어가고 행복의 길로 행진하는 신랑신부 위에 터지는 축포처럼 무수한 별들이 머리 위에서 총총대며 우리를 축복하고 있었다. 지줄 대는 물소리와 끼룩대는 풀벌레 소리까지 아름답게 느껴졌고 내 가슴을 충만감으로 물들여 놓았다.

부끄러움이 많아서일까? 아니면 과묵해서일까? 그녀는 간혹 맞장구만 칠 뿐 거의 말을 하지 않았다. 그저 내가 하는 이야기를 온 정성으로 들으며 오직 나만을 받아주고 있는 느낌이다.

말없이 손만 잡고 있노라니 이번에는 포옹하고 싶은 욕망이 꿈틀 거렸다. 욕망은 가속도가 붙어 빠르고 걷잡을 수 없게 밀려온다. 그녀의 얼굴과 살결은 목련꽃보다 더 곱기만 하다.

"월하미인(月下美人)이라던데, 정옥이는 별빛미인이네."

욕망을 제어하고자 진심어린 칭찬을 우스갯소리처럼 말하자 그 녀는 입꼬리를 살짝 들어 올리며 웃어보였다. 입술 사이로 드러난 치아가 우유빛깔처럼 하얗고 깨끗해 보였다.

달이 없는 밤일수록 별빛은 유난히 밝았다. 별빛 속에 다소곳이 앉아 있는 그녀의 자태가 더 없이 좋아 보였다. 나도 모르게 그녀 의 팔을 휘익 잡아 당겨 덥석 포옹했다. 그녀도 기다렸다는 듯 두 손으로 내 등을 꼬옥 안으며 가슴에 들어왔다.

"우리 물속에 들어갈까?"

우린 어려서부터 이 강에서 수없이 물놀이를 하며 지냈기에 어두 운 밤에도 물속에 들어가는 것이 땅 짚고 헤엄치기였고 한글을 소 리 내어 읽는 것만큼이나 쉬웠다. 열기를 뿜어대던 해는 졌지만 후 덥지근한 더위는 그대로 남아 있었다. 정옥이도 더웠던지 내 말이 떨어지자마자 옷을 입은 채로 물속으로 걸어 들어갔다. 나도 따라 들어갔다. 강물 속은 시원했고 물은 허벅지까지 차올랐다. 천천히 물에 몸을 맡기자 시원함이 뼈 속까지 전해 와서 으스스 온몸이 떨 렸다.

정옥이가 조금 더 깊이 물속으로 들어가자 치마가 물에 부풀어 올라 마치 발레복을 입은 무용수 같았다. 별빛을 받아 신비로움이 더해진 정옥의 모습은 인어공주가 연꽃 사이에 앉아 있는 것처럼 돋보였다.

"와아, 멋지네. 발레리나가 따로 없는 걸. 정옥아, 한번 백조의 호수에 나오는 발레리나처럼 두 손을 맞잡고 위로 주욱 올려 봐!"

물에 젖은 옷이 몸에 붙어 그녀의 봉긋한 가슴의 윤곽이 어둠 속에 드러나 보였다. 별빛에 어렴풋이 보이는 그녀의 실루엣은 숨막힐 정도로 매혹적이었다. 다시금 안아보고 싶은 욕정에 그녀의 손을 슬며시 끌어당겼다. 그녀는 눈을 꼭 감고 살포시 품에 안겨 왔다. 내 가슴과 그녀의 몽클한 가슴이 만났다. 호흡은 가빠지고 입맞추고 싶은 충동이 나를 휘몰아쳤다.

그러나 나는 그 욕망을 억눌렀다. 겨우 세 차례 만났을 뿐인데 이렇게 서두르다니. 너무 성급한 것 같았다. 욕정에 휘말리는 나를 용납하기 어려웠다. 무모한 행동은 그녀에게 오해를 심어줄 수 있었고 내 진실한 마음조차 왜곡시킬 수 있다. 또한 이를 참지 못하면 그 다음에 다가 올 욕망의 기관차를 세울 수 없을 것만 같았다. 외국에서는 처녀가 섹스를 못해 본 것이 창피한 일이라는 말을 들어보았지만 아직 우리나라에서는 처녀가 섹스와 관련된 말만 들어도 창피해 하는 것이 미덕이 아니던가?

그녀를 만나는 것이 오로지 욕정 때문인 것으로 오해 받기 싫었다. 순결을 중시하는 나로서는 입맞춤은 결혼을 약속 한 후에나 해

사랑의 못자리

야 할 것 같았다. 나는 그날 밤 물속에서 포옹하는 것 이상의 행동
은 참기로 했다. 사실 난 그때까지 여자와 한 번도 입맞춤은커녕
정옥이를 만나기 전까지는 여자의 손조차 잡아보지 못했다. 난 그
처럼 여자에 대해서는 애송이, 풋내기였던 것이다.

그런 아쉬움과 주저함은 잠깐이었고 다시 도란거리느라 집에 돌
아가야 할 시간도 잊어버릴 정도였다. 밤 열두 시 통금 사이렌 소
리를 듣고서야 우린 시간이 너무 많이 흘렀음에 깜짝 놀라며 일어
났다.

"내일도 여기서 만나는 거야. 일곱 시 반, 알았지?"

그녀가 고개를 끄덕였다.

그런데 이튿날 뜻밖의 일이 생겼다. 아침 조반을 먹으며 어머니
께서 말씀하셨다.

"오민아, 대전에 계신 아버지께 좀 다녀 오거라."

어머니의 갑작스런 심부름이었다. 아직 버스시간까지는 시간이
꽤 남아 있었지만 문제는 정옥에게 이 사실을 어떻게 알려야 하느
냐였다. 버스는 10시 반 출발. 나는 급하게 쪽지를 썼다.

'나흘 후 9월1일에 돌아옵니다. 그글피 저녁에 그곳에서. 박 오 민'

쪽지를 세로로 서너 번 접고 다시 사선으로 접어 가오리연 모양
으로 만들었다. 서둘러 쪽지를 전달할 방법을 찾아야 했다. 그런데
심부름을 해 줄 사람이 없었다. 안절부절못하며 동네의 골목을 열
번도 더 서성거렸다. 주변을 살핀 후 반쯤 열린 정옥이 집 대문 안
을 고개를 내밀고 들여다보았지만 인기척이 없었다.

궁여지책으로 노래를 불렀다. 정옥이가 듣고 나와 주기를 바라며.

"오가며 그 집 앞을 지나노라면, 오히려 나도 몰래 발이 머물고"

그러나 내 노래를 들었는지 못 들었는지 아무런 반응도 없었다. 한 번 더, 이번에는 더 큰 목소리로 노래를 불렀다. 누가 볼까 불안했지만 신경 쓸 겨를이 없었다. 내가 갑작스런 심부름으로 대전에 갔다는 사실을 모르고 기다리다가 바람맞은 기분으로 돌아설 그녀의 축 처진 어깨가 보이는 듯했다. 얼마나 상심할까? 연인 사이에는 작은 오해도 큰 위기로 번질 수 있다고 들은 적이 있어서 혹 그녀가 돌아서버릴까 봐 걱정되고 두렵기도 했다. 시간이 흐를수록 초조하고 다급한 마음에 속이 타는 듯했다.

그러다 퍼뜩 머리에 그럴싸한 생각이 스쳐 학교 앞에 있는 만물상으로 뛰어가서 배구공을 사 왔다. 그 배구공을 가지고 정옥이 집 앞 골목에서 공놀이를 하는 척하다가 일부러 집안으로 슉 하니 차버렸다. 그러고 공을 찾는 것처럼 두리번거리며 집안으로 쑥 들어갔다. 다행히 정옥이가 마당에 나와 있었다. 그녀가 공을 집어 올릴 때 슬쩍 쪽지를 건네주었다. 그러고 나서야 비로소 안도의 한숨을 내쉴 수 있었다.

일각이 여삼추라더니 대전에 가 있는 나흘 동안이 몇 년처럼 길게 느껴졌다. 고향 집으로 돌아오자마자 그녀가 보고 싶어 낮에 그녀의 집 앞 골목을 서성거렸다. 얼마 후 집에서 나오던 그녀와 마주쳤다. 너무도 반가워서 인사말이라도 건네려는데 동네 아주머니가 나타났다. 그 바람에 서로 눈길만 주고받았을 뿐 말은커녕 표정

하나 주지도 못하고 지나쳐야만 했다. 남녀가 유별하여 부부가 같이 외출을 해도 대여섯 걸음 이상 떨어져 걷는 것이 올바른 예의범절이던 때였다. 하물며 한창 때의 처녀총각이 골목에서 미소라도 나누는 것을 누가 본다면 당장 소문이 돌 일이었다.

그러나 눈빛만으로라도 스친 것이 얼마나 기분 좋은 일인가? 저녁노을을 바라보며 강둑으로 나왔다. 볼에 홍조를 띤 채 밝은 표정으로 정옥이가 바위에 앉아 있었다.

내가 먼저 웃으며 손을 내밀었다. 다시 만난 기쁨을 온 몸으로 표시하고 싶어 그녀가 내미는 손을 오른손으로 힘주어 잡고 왼손으로 팔꿈치를 슬쩍 치면서 여러 번 흔들었다. 그녀도 화답하듯 두 손으로 꼭 쥐고 세게 흔들어 주었다.

그녀는 그 동안 만나지 못한 것이 꽤 아쉬웠던 모양이었다. 대전에 갔던 이야기로 말문을 연 것은 나였지만 내 말이 끝나기가 무섭게 정옥이가 말을 해왔다.

"골목에서 혼자 공차기하는 사람 처음 봤어요."

입가에 웃음을 잔뜩 머금고는 놀리는 듯한 말투로 그녀가 말했다.

"내가 노래를 불렀는데 못 들었어? 목청을 돋워 불렀는데도 아무 반응도 없더라고."

"노래를 불렀다고요? 아침부터 호박도 따고 수수도 거두어들이고 면사무소 앞에서 깨를 털기도 했어요. 밭에 나갔다가 어머니와 함께 잠깐 집에 들어 왔을 때 공이 마당에 들어왔었는데……."

내가 공을 사러 간 사이에 그녀가 집에 들어왔나 보다.

사랑의 못자리

갑자기 좋은 생각이라도 떠올랐다는 듯 눈을 반짝이며 그녀가 말했다.

"참, 그때 불렀던 노래 지금 불러주면 좋겠네요."

나는 웃으며 응대했다.

"노래? 노래야 하면 되지. 그런데 처녀의 집안으로 배구공을 차는 총각을 보고 혼자 많이 웃었겠네? 웃음을 참느라 힘들지 않았어?"

"편지인 줄 알았는데. 겨우 두 줄……. 시, 실망……."

"으응, 그러네. 기왕이면 장문의 편지라도 쓸 걸 그랬나? 그것 참 아쉽게 됐군."

"골목길에서 오빠 만났잖아요. 하필 그 때 강경댁이 지나가는 바람에…, 음, 모르는 척하기 참 어렵더라고요."

"눈치라도 챌까봐 두근두근했지? 그래도 모른 척 내숭 잘 떨던데."

배구공, 쪽지, 골목길, 내가 부른 노래 그리고 사흘 동안 읽은 책 이야기. 우리는 또 다시 밤새도록 소곤거렸다. 먼젓 날 내가 정옥이 집 앞에서 부른 '그 집 앞'이란 노래를 같이 부르기도 했다. 정옥과의 사랑놀이는 어린 시절에 하던 소꿉장난처럼 아기자기한 맛뿐만 아니라 달콤함과 짜릿한 쾌감이 주어져서 그 자체가 바로 행복이었다.

정옥은 문학소녀였다. 나는 그동안 교과서나 위인전 또는 경영에 관련된 전문서적을 주로 읽었을 뿐인데 그녀는 주로 소설과 시등의 문학작품을 읽은 모양이었다. 그녀가 섭렵한 문학작품은 그

수로만 따지면 나보다 몇 배나 더 많았다. '춘향전'이나 '홍길동전' 같은 우리 고전은 물론 '햄릿', '로미오와 줄리엣', '한 여름 밤의 꿈' 과 같은 셰익스피어 작품을 비롯하여, 춘원 이광수의 '흙', '무정', '사랑' 등도 읽었다고 했다. 같은 책을 두 번 세 번씩 심지어 다섯 번을 읽은 것도 있었고 그 내용을 꽤 세세히 기억하고 있었다.

열정적으로 문학 이야기를 하며 그 세계에 빠진 정옥의 관심을 나에게로 돌려놓고 싶었다.

"근데 말이야. 사실을 고백하자면 어렸을 때 정옥이를 봤을 때에 는 조금도 예쁘다고 생각을 해본 적이 없었어. 언제부터 그렇게 예 뻐졌어? 도깨비 방망이로 '예뻐져라. 뚝딱!'이라도 한 거야?"

"부끄럽게 왜 그런 말을 해요?"

그녀는 수줍은 듯 얼굴을 붉히며 머뭇거리다가 말했다.

"중학교 2학년 때에 고등학교에 진학할 수 없다는 것을 알게 됐죠."

그 말을 하는 순간 마음이 울컥했는지 말을 잇지 못했다.

"너무 속상하고 낙담이 커서 죽고만 싶었어요."

그러더니 그녀는 한참 동안 말이 없었다. 어둠 속에서 보니 그녀 의 어깨가 미세하게 흔들리고 있는 것이 느껴졌다. 그녀는 소리 죽 여 흐느끼고 있었다. 울먹이며 그녀가 말했다.

"부모님은 집안 형편이 좋아지면 야학이라도 보내 주겠다고 하셨 지만……."

잠시 침묵이 흘렀다. 그녀의 아픈 상처가 아직 아물지 않았나

보다. 질문하지 말걸, 지난 일을 떠올리게 하지 말 걸. 당혹스러웠다.

"링컨은 내가 존경하는 사람 중 일 순위인데 아버지 직업이 구두 수선공이고 가난해서 초등학교도 다니지 못했지만 미국 대통령이 되었지. 링컨의 생일은 미국의 국경일이야. 진정한 위인에 대한 미국인들의 예우인 셈이지."

얕은 지식으로나마 그녀의 기분을 풀어주고 싶었다. 이 말을 하는 내내 그녀의 눈을 똑바로 쳐다보며 밝은 미소를 보내 주었다.

그녀에게 진심어린 위로가 전달되길 희망하며.

"내가 존경하는 사람 영순위가 있는데……. 누군지 아시나요? 그분은 학벌이 전혀 문제가 안 되는 사람이지. 존경 영순위! 그 분은 바로, 케이제이오!"

나는 엄지손가락을 힘껏 치켜세워 올려 보였다.

"케이제이오가 누구에요?"

"지금, 바로 여기에 계시는 분. 김, 정, 옥!"

그녀가 어처구니없다는 듯 눈물을 훔치며 배시시 웃었다. 그 모습에서 좀 전의 슬픔은 찾아볼 수 없었다.

"아버지로부터 '진학할 수 없다'는 말을 듣고 비참했어요. 친구들을 만나는 것조차 싫어서 피해 다녔죠. 멀리서 친구가 보이면 뛰어 달아나곤 했어요. 속상해서 달렸죠. 괴로운 마음을 달래려 뛰어 다녔어요. 운동장에서도 달리고, 둑길이나 논두렁에서도 달리고……, 그 때문인지 가을운동회 때 백 미터 달리기에서 전교 일등을 했어요. 중3 때는 아예 육상부에서 살았지요."

"학교 육상선수로 뽑혔겠네?"

"그해 가을 대전에서 열린 충청남도 체전 중등부에서 예선을 통과하고 결승에서 아쉽게도 4등을 했어요,"

"와아, 대단하다. 계속 연습을 했으면 국가대표도 될 수 있었을 텐데."

"결승에서 1, 2, 3등을 한 애들은 초등학교 때부터 연습한 애들이고, 저는 겨우 일 년, 그것도 중2 때부터 연습한 거라……."

그녀는 잠시 머뭇거리다가 부끄러운 듯 차분한 목소리로 말했다.

"달리기를 한 후에 건강해지기도 했지만 예뻐졌다는 말을 많이 들었어요. 어느 날 거울을 보면서 저도 놀랐어요."

잠시 머뭇거리더니.

"예전보다 많이 예뻐진 것 같았어요. 달리기가 도깨비 방망이였던 거예요."

기분이 나아졌는지 배시시 그녀는 웃음을 보여주었다.

"아아 그러니까……. 운동미인이라고 할 수 있겠네?"

운동미인이라는 말에 그녀는 기분이 활짝 펴진 모양이었다. 나는 그녀와 더 가까워지고 싶은 마음에 피부교감을 하고 싶었다.

"그런데……, 오래 앉아 있다 보니 조금 불편하네. 잠시 누우면 안 될까?"

몇 번 만나지도 않은 사이에서는 다소 염치없는 부탁일 수도 있었지만 그녀는 스스럼없이 무릎으로 내 머리를 받쳐주었다. 처녀의 무릎을 베고 누우니 야릇한 감촉에 세상을 다 얻은 듯 부러울 게 없었다.

크고 예쁜 눈을 이따금씩 보고 있으려니 세상에 그보다 영롱한 보석은 없을 것 같았고, 그녀가 어떤 말을 해도 맞장구가 절로 나왔다. 그녀도 나의 마음이 그녀에게 푹 빠진 것을 알아서였을까? 그런 안도감 때문이었는지 어느새 그녀의 손이 자연스럽게 내 뺨을 어루만지고 있었다.

나는 살며시 일어나 앉아 두 손으로 그녀의 볼을 감싸고 붉은 입술에 내 입술을 포갰다. 그녀의 입술은 촉촉했다. 입술 끝을 동그랗게 뾰족이 내밀어 잉어가 물을 흡입하는 것처럼 그녀의 입안 공기를 살짝 한 번 빨아들였다.

눈을 감은 채 두 입술이 그렇게 한참을 맞닿아 있었다. 코를 비빌 때면 숨결이 오가고 들리는 것은 심장 소리뿐 시간이 멈춘 것만 같았다.

그녀는 눈을 감은 채 모든 것을 내맡겼다. 몸에 도는 기운이 야릇하고 아득해지더니 성적충동이 솟구쳤다. 나는 그녀의 사랑을 확인하고 그녀를 갖고 싶었다. 금방이라도 앞뒤 안 가리는 위험한 짐승이 될 것만 같았다. 입맞춤과 동시에 몰려온 탱탱함, 내 작은 물건이 이성을 무시하고 나를 충동질하고 있었다. 그러나 그럴 수는 없었다. 참고 참았다. 지금은 때가 아니다. 성스러운 일, 평생 간직해야 할 아름다운 사랑의 축제가 되어야 하기에 더 좋은 때를 위해 남겨 놓아야 한다고 굳게 다짐하며 그녀를 슬그머니 몸에서 떼어 놓았다.

짜릿한 첫 입맞춤의 느낌은 집에 돌아온 후에도 내 입술과 가슴에 그대로 살아 숨 쉬고 있었다.

다음 날도 저녁노을이 들판을 덮으면 우리는 냇가 그 자리에서 또 만났다. 언제부터인가 그녀는 일찍 와서 책을 읽으며 기다리고 있었다. 진학하지 못한 아쉬움 때문인지 책읽기가 몸에 밴 것 같았다.

평범한 일상생활의 이야기부터 날씨, 계절, 책 이야기 등등 우리는 화제를 다양하게 섭렵하였다. 그날 밤에는 정옥이가 셰익스피어의 로미오와 줄리엣 이야기를 많이 했다. 이야기를 나누면서도 서로 손을 만지작거리고 입 맞추고 코도 비비고 포옹을 하기도 하면서 그녀와 나는 사랑하고 사랑받는 느낌을 확인하고 있었다. 그러나 사랑한다거나 결혼하자거나 그런 이야기는 나오지 않았다. 어쩌면 무의식적으로 그런 단어를 입에 올리는 것을 서로 피했는지도 모른다.

05

. . .

믿음직한
사랑

9월의 끝자락이 되자 대문 옆에 서있는 거목의 감나무 잎이 얼룩거리고 낙엽도 꽤 많이 떨어졌다. 가지가 휘어지도록 열린 커다란 대봉감과 마당 가득히 널려 있는 빨간 고추가 햇볕에 뒹굴면서 시골집 앞마당에 풍성한 가을을 당겨다 놓았다.

여름의 무더위는 슬그머니 사라졌지만 낮은 아직 더웠고 밤은 쌀쌀해졌다. 우리 사랑의 못자리였던 강둑에도 어둠이 내리면 찬바람이 윙윙 쇳소리를 질러댔다. 우리는 온 몸이 한기로 으스스 움츠러들어 점퍼며 오버를 두텁게 입고 옷깃을 귀 높이까지 치켜 올려야만 했다.

바람과 추위를 피할 새로운 밀회 장소가 필요했다. 어느 날인가 비를 피하다가 우연히 초등학교의 낡은 창고에 들어간 일이 있었다. 그 기억을 떠올려 아예 그곳으로 옮기기로 했다.

학교의 창고는 낡은 책상이나 의자를 보관하는 곳이어서 찬바람의 위세도 없으려니와 사람들의 이목을 피하기에는 더없이 안성맞춤이었다. 간혹 순찰하는 사람에게 들킬 위험이 있긴 했지만 정해진 순찰시간을 알아서 피하면 되었고 설사 들킬 위험이 있다고 해도 달리 마땅한 장소가 없었다.

만나기 시작한 지 한 달이 넘어가고 잦은 만남이 계속되면서 우리는 더 친밀해졌다. 하루도 거르지 않고 만났지만 만나는 것만으로도 설레었다. 어느 날 나는 더 믿을 수 있는 관계가 되기 위해 좀 더 솔직해지고 싶었다. 그 동안 말하지 않은 나의 부족함, 단점, 실수 그리고 비밀까지도 알려 주어야 한다는 생각이 들었다. 남자

치고는 키가 작은 축에 속한다는 것은 그녀도 알고 있을 터이지만 그녀가 모를 나의 아픔을 털어 놓기로 했다.

"사실 나 초등학교 4학년 때, 반에서 꼴등했어. 2학년에서 4학년으로 껑충 올라가는 바람에 숙제를 해 갈 실력이 안 되었지. 그래서 숙제를 한 번도 안 해 갔어. 심지어는 그때까지 구구단도 몰랐다니까."

"4학년이 구구단을 못 외웠어요?"

정옥은 웃음 띤 얼굴이었지만 다소 놀랐던지 의아해 하는 표정이 보였다. 무슨 사연이 있어서 명문대학을 졸업한 사람이 4학년 때 구구단을 몰랐을까 궁금했던 모양이다.

"음, 초등학교 2학년 때 전쟁이 일어나서 피난을 가야 했어. 정옥이도 알겠지만 우리 집이 불에 타버렸잖아. 집이 없어서 일 년 반 동안 이사를 네번이나 했으니, 공부 같은 걸 할 겨를이 어디 있겠어? 전쟁이 끝나고 아버지께서 대전에 집을 마련한 후에야 학교에 제대로 다니게 되었어. 내가 배우지 못한 2학년 2학기와 3학년 과정은 건너뛴 채, 그냥 나이에 맞추어 4학년으로 다니게 된 거야. 실력은 2학년에 멈춰 있는데 4학년 과정을 공부해야 했으니 숙제를 할만한 실력이 안 되었지.

선생님은 그런 나의 사정을 알려고도 하지 않고……, 난 거의 매일같이 회초리로 매를 맞았지. 숙제 안 해 온다고 손바닥도 맞고 모른다고 군밤 맞고 종아리 맞는 것은 대수였고 쪼그려 뛰기에 심지어 겨울철에는 얼음물에 손발을 집어넣는 벌까지 받았지. 오죽했으면 그 선생님을 죽여주면 하나님을 믿겠다고 기도까지 했겠어."

"어마, 그 선생님 나빴다. 지금이라도 나, 그 선생님 찾아 뭐라고 한 번 해 주고 싶어요. 하지만 아무리 그래도 오빠, 너무 심한 말은 안 했으면 좋겠어요."

"그땐 더한 무슨 일이라도 벌이고 싶었어. 죽일 수만 있으면 죽여 버리고 싶었거든 결국 학교 다니기 싫어서 가출했어."

"초등 4학년이 가출했다고요? 잠깐 집 밖에 숨어 있다가 밤늦게 들어 온 것 말인가요?"

"아침에 학교 간다고 나와서는 마냥 걸었어. 길도 모르니 물어가면서 돈 한 푼 없이 대전 집에서 나와 여기 시골집까지……, 백리 길도 더 되잖아? 집은 아직 멀었는데 저녁때가 되자 하도 배가 고파 더 이상 걸을 수가 없더라고."

"아무리 건장한 어른이라도 대전에서 여기까지 걷는 건 무리죠. 길도 몰랐을 테고 걸어서는 이틀 이상 걸릴 텐데요."

정옥은 지금 당장 그런 일이 일어나고 있는 일인 양 심각한 일을 대할 때의 염려 섞인 눈빛과 표정을 띠며 말했다.

"담임선생님이 싫고 무서워서 학교에 가지 않고 가출해버렸지만 아무 것도 못 먹었던 터라 몸과 마음이 지칠 대로 지쳐버렸지. 먼 길을 하루 종일 걷자니 나중엔 주저앉고 싶더라고……."

"아유, 다리 많이 아팠겠다. 그래서 어떻게 했어요?"

정옥은 내 다리가 지금 그때의 아픔을 느끼기라도 한 듯 생각되었던지 내 종아리를 두 손으로 주물러주었다.

"해질 무렵이 되어 지나가던 마을에서 동네 이장님 집을 물어 찾아갔지. 이장님께 사정을 이야기하니까 밥도 한 상 차려주고 길도 알려 주시더라고. 거기다가 하룻밤 재워 주었어. 그 다음 날은 소달구지가 지나가기에 태워달라고 부탁해서 타고 왔지. 점심때가 조금 지나서 고향집에 도착했어. 내가 시골집에 들어오는 걸 보고 할머니가 얼마나 놀라셨는지."

이어서 고등학교 입학시험에 떨어졌던 이야기와 대학은 졸업했지만 월급도 없는 조교라서 경제적으로 어렵다는 것과 체력이 약해서 멀리 던지기나 철봉 매달리기를 잘 못한다는 것 등 그 이외에도 잘난 척하고 아는 척하는 성격, 고집, 게으름, 친구와 싸운 일 등등. 나의 흠을 들추어내어 솔직하게 말했다.

그녀는 그런 나의 단점을 알고 난 후에도 뭐가 그리 좋은지 그저 생긋생긋 웃기만 한다. 결국 내가 견디지 못하고 그녀에게 물었다.

"내가 게으르고 체력도 약하고 실수한 것도 많고 조금만 알아도 아는 척하고, 겸손하지 못하고 심지어는 선생님, 부모님에게 거짓말까지 했던 그런 사람인데……, 괜찮아?"

"자기 입으로 겸손하다고 말하는 사람이야말로 겸손하지 못한 사람 아닌가요? 오히려 솔직해서 믿음이 가요. 오빠는 참 솔직해서 좋아요."

이 말이 나를 많이 행복하게 만들었다. 어느 누가 아닌 사랑하는 정옥이의 칭찬이기 때문이리라.

정옥이는 사랑받는 것 외에는 아무 조건이 없는 것 같아 보였다. 심지어 내가 자기를 싫어한다 해도 변함없이 참사랑을 해 줄 것만 같았다.

그녀가 불쑥 물었다.

"오빠, 제가 농사 돕는 일 그만하고 취직하는 건 어떻게 생각하세요?"

"기왕 돈을 많이 벌고 싶으면 취직보다는 장사를 하는 게 좋지."

"장사는 자본이 있어야잖아요?"

"내 말에 기분 상할지 모르지만 취직은 전문지식이 있는 사람이 하는 게 좋고 정옥이 같은 경우는 전문지식이 없으니까 좌판을 깔더라도 장사를 하는 게 좋을 거야. 전쟁 직후 아버지께서 병환으로 누우셨을 때 집안 형편이 어려워지자 어머니가 장사를 시작하셨어. 시장 입구에서 좌판에 미제 물건, 치약, 비누 같은 걸 올려놓고 팔아서 우리들 학비도 마련하셨거든 돈 없이도 장사는 시작할 수 있어."

그렇게 말해 놓고 나는 진학하지 못한 그녀의 콤플렉스를 건드린 것 같아서 그녀의 눈치를 살폈다. 그러나 그녀는 농담으로 이렇게 받았다.

"장사를 해서 돈을 벌면 공부 잘한 오빠 같은 사람도 제 밑에 둘 수 있겠네요?"

나는 실수를 만회하고 그녀의 마음을 다독이고 싶어 큰 소리로 말했다.

"존경하는 사람, 영순위인 분은 집에만 계시면 좋겠습니다. 시집 가기 전에도 집, 시집 온 후에도 집……. 집에만 계시기 바라나이다. 집안 경제는 가장이 책임지겠나이다."

그녀는 화제를 슬쩍 바꾸었다.

"어느 책인지 기억에 없지만요. 소망과 목적을 가지고 사는 사람이 성공하고 행복하다고 했어요. 오빠의 소망이 무엇인지 궁금해요."

"난 대학에 들어갈 때까지 생각해둔 소망이 따로 없었어. 그저 그때그때 하고 싶은 것이 있으면 열심히 하는 정도였지. 그러던 중에, 아마 대학 졸업하기 전이었지? 지금 정옥이가 묻는 것과 같은 질문을 윤 교수님이 하시더라고."

"어떻게 대답했어요?"

"솔직하게 대답했지. 그런 것을 생각해 보지 않았다고."

"교수님이 뭐라 하셨어요?"

"숙제이니 답을 만들어 보라고 하셨어. 한 달 후쯤 되어서 말씀드렸지. 교수님, 제 소망은 지금 하고 있는 일이 무엇이든 언제나 기쁘게 하는 것입니다라고."

그렇다. 나의 소망과 목적은 결과에 있는 것이 아니라 과정에 있었다. 무슨 일을 하든지 내가 지금 하고 있는 일이라면, 그것이 힘든 일이든 어려운 일이든 결과가 어떻든 항상 집중하여 기쁜 마음으로 하는 것이다. 그러려면 내가 하고 있는 일, 그리고 함께 하는 사람들을 좋아해야 한다.

이번에는 내가 물었다.

"정옥이 소망이 궁금해지네?"

"제게 소망 같은 것은 사치스러운 거라고 생각했어요. 그런데 요즘 오빠 만나면서 저에게도 소망이 생겼지요. 오민 오빠의 여주인공이 되는 거예요. 그 역할을 제대로 해보고 싶어요."

"나의 여주인공? 이미 되고도 남으셨죠. 소원성취, 축하드립니다."

우린 함께 소리 내어 깔깔대며 웃었다.

계속되던 우리의 밀회는 10월 초순에 끝나고 말았다. 순찰 도는 당직 선생님에게 들키고 만 것이다. 그 선생님에게 그 자리에서 단단히 꾸지람을 들은 터라 그 후로는 도저히 그곳에 다시 갈 엄두가 나질 않았다. 더 이상 창고에서 만날 수 없게 된 우리는 사랑의 놀이터를 바꾸어야만 했다.

다음 날 오후에 둑길을 따라 나란히 걸었다. 푸르던 산과 들판은 어느새 울긋불긋 물들기 시작했다. 애스터의 발걸음도 한결 가벼워 보였다. 팔짱도 끼고 손도 잡고 걸으면서 정옥이와 함께라면 그 어느 곳을 가도 좋을 것 같았다. 나는 그녀가 가끔씩 손을 꼭 쥐어 줄 때 '행복이 바로 이런 것'이로구나라는 생각이 들었다. 왕복 오십 리도 넘는 먼 길을 다리 아픈 줄도 모르고 걸었다. 여기저기 붉게 물든 단풍을 보면서 내 가슴도 욕망도 꿈틀거렸다.

"야호! 벌써 단풍이 대단하네. 내장산으로 단풍 구경 가면 좋겠다. 어때?"

× 69 ×
믿음직한 사랑

"어마, 좋아라. 그래요. 우리 단풍 보러 가요. 중학교 3학년 때 수학여행을 갔던 곳이에요. 내장산 자락에 빨간 가을이 피어올랐을 때였어요. 입구에서부터 나무들이 불꽃을 내뿜는 듯 활활 불타고 있었죠. 등산로의 하늘이 온통 빨강으로 뒤덮여 있었고요, 그 빨간 하늘을 보는 순간 '와아!' 하고 탄성이 터졌어요. 내장산 단풍은 가을 내내 입술처럼 빨갛기만 해요."

그녀는 수학여행을 갔던 학창시절이 그리웠던 모양이다. 평상시에도 긍정적이고 열정적이었지만 목소리조차 한 옥타브 높아져서 흥분한 목소리로 추억담을 얘기하는 것을 보면 알 수 있었다. 그녀는 잠시 먼 산을 바라보다가 말을 이었다. 한결 차분해진 목소리로.

"서래봉 봉우리에서 시원한 산바람을 만났어요. 산 아래를 내려다보았더니 겹겹으로 이어진 능선들이 진한 빨강으로 물들어 있는 게 별천지였어요. 단풍은 11월 초가 절정인데⋯⋯. 그런데 그 전에 입대하잖아요?"

"입대하기 이틀 전에 가면 좋겠는데. 일박이일로⋯⋯. 어때?"

" ⋯⋯ "

그녀는 한참을 침묵하다가 대답 대신 화제를 바꾸었다.

"오늘 아침에 아버지가 '너, 요즘 너무 늦게 들어온다. 무슨 일이 생겼냐?'고 물으시더니 앞으로 일찍 들어오라 하셨어요."

"그것 참, 난처한 일이네."

난 그녀에게 속내를 들킨 것 같아 멋쩍었다. 결혼도 하기 전에

여행부터 가자고 한 나를 여색을 밝히는 속물로 여기면 어쩌나? 혹시 그녀가 날 피할 까 봐 걱정이 앞섰다.

"예전에는 친구 성자가 우리 집으로 오기도 하고 내가 걔네 집으로 가기도 했어요. 하지만 그래도 열시 전에는 들어갔거든요. 너무 늦으면 곤란해요. 더욱이 하룻밤 자고 오는 건……?"

"날씨도 점점 더 추워지고 학교 창고마저 가기 어렵게 되었으니, 어떡하면 좋지?"

그녀는 무언가 한참을 생각하다가 말을 이었다.

"저……, 우리 낮에 만나면 어때요? 이웃 동네에 중학교가 있잖아요. 우리 동네에서 20분쯤 가면 실습농장이 있어요. 농장 울타리 바깥쪽에 꽃밭이 있고요. 거긴 사람들이 뜸해요."

"그 시간에 집에 없으면 아버지께서 뭐라 안하실까?"

내가 걱정스럽게 물었다.

"그건 걱정 안 해도 돼요. 부모님께서도 뭐라 안 하실 거예요. 재작년 제가 열여덟 살이었을 때, 집에서 야간학교도 못 보내준다고 했을 때 차라리 나가 죽어버리겠다고 울고불고 소동을 벌인 적이 있었거든요. 그 후로는 웬만한 일로는 저를 심하게 꾸짖지는 않으셔요."

다음 날부터 우리는 정옥의 제안대로 낮에 만났다. 오후 두 시에 만나 다섯 시 경에 헤어지는 것으로 데이트는 마무리했다.

실습농장은 빙 둘러친 소나무들이 울타리 역할을 하고 있었다. 쭉 뻗은 소나무와 어린 소나무들이 안과 밖을 잘도 구분해 주고 있었다. 소나무울타리 안쪽에는 당근, 무, 배추 등이 무성했고 울타리 바깥쪽에는 꽤 넓은 꽃밭이 마치 꽃잎으로 수를 놓은 것처럼 아름답게 피어 있었다. 오후인데도 아직 꽃잎은 이슬을 머금고 있는지 촉촉했다.

"와! 과꽃이다. 아직도 이슬이 맺혀 있어. 빨간색 과꽃이 유난히 곱네."

"빨간색 꽃, 너무 예뻐요. 자주색 꽃은 요염해 보이죠?"

"이건 분홍색, 이건 흰색."

꽃들도 자기 색깔을 자랑이라도 하듯 만개한 얼굴로 우리를 반겼다. 그 중 빨간색 과꽃이 유달리 고와 보였다. 낮 동안 실컷 꽃들의 아름다움을 맛보고 가을 하늘의 청량함도 즐겼다. 꽃들도 아름다웠지만 가을이 되자 더 성숙한 분위기를 풍기는 정옥이와 함께 있으니 내 가슴은 몇 배나 더 설레었다.

"난 과꽃을 정말 좋아해요. 꽃 중에서 과꽃이 제일 예쁜 것 같아요. 혹시 과꽃의 꽃말 아세요?"

"꽃말? 모르겠는데……."

"믿음직한 사랑, 변화, 추억……. 이런 거래요."

"믿음직한 사랑? 그거 참 맘에 드네. 믿음직한 사랑이라."

향긋한 꽃향기가 꽃밭에 번졌다. 꿀벌들은 열심히 과꽃만을 골라 앉았다 날았다를 반복하고 있었다. 과꽃은 꿀벌이 자신의 꿀을 잔뜩 퍼다 나르기를 독려라도 하는 듯 꽃잎을 활짝 열어 벌들을 환영하고 있었다.

"정옥이, 별명 하나 지어주고 싶은데."

"제 별명이요? 또 놀리려고?"

"예쁜 별명이야, 별명이라기보다 애칭."

그녀는 예쁜 별명이라고 하자 눈이 반짝였다.

"애스터(aster), 어때? 과꽃이 영어로 애스터거든. 믿음직한 사랑이라는 꽃말도 맘에 들고 말이야. 앞으로 애스터라고 부를게."

"와, 예쁜 이름이네. 오케이! 그 별명 좋아요! 나를 과꽃이라고 불러주는 사람을 저의 남자 주인공으로 모시겠습니다."

그녀의 마음이 고운 꽃빛으로 아롱거리고 있는 것만 같았다. 정옥에게 그 별명을 붙여준 이후 그리고 오랜 시간이 지난 후에도 나는 과꽃이라는 동요를 종종 불렀다.

"올해도 과꽃이 피었습니다. 꽃밭 가득 예쁘게 피었습니다.

누나는 과꽃을 좋아했지요. 꽃이 피면 꽃밭에서 아주 살았죠."

꿈엔들 잊힐리야

06

. . .

들녘은
황금물결

어느덧 추수철이 되었다. 집집마다 고개를 푹 숙인 벼들을 수확하기 시작하였고 황금빛이 짙어질수록 입대할 날도 가까워지고 있었다.

우리는 오가는 눈길만으로도 서로에 대한 사랑이 커진 것을 확인할 수 있었다. 어느 날 애스터가 과거의 여자에 대해 물었다.

"오빠는 다른 여자를 사귀어 본 적 없어요?"

"다른 여자? 전혀. 난 애스터를 만날 운명으로 태어났나 봐."

난 너스레를 떨듯 말했지만 진심이었다. 그리고 정옥에게는 조금이라도 더 진실하고 싶었다.

"아참, 생각해 보니 내가 중학교 2학년 때 1년 후배 여학생을 좋아한 일이 있었구나."

"어마, 예뻤어요?"

난 그 물음에는 답하지 않고 계속 기억을 더듬어 보았다. 조금이라도 더 진실하기 위해서.

"그리고 대전 집, 이웃에 살았던, 음……, 그 애를 잠시 좋아한 일이 있었는데 말 한 번도 건네지 못하고. 그 애 뒷모습이 다 사라질 때까지 우두커니 서서 바라보기만 했던 생각이 나네. 음…, 이름이 뭐였더라, 기억이 나질 않아. 아마 걔는 내가 자기를 좋아했는지도 몰랐을 걸."

"지금은 어디 살아요?"

"모르지, 중학교 졸업한 후에는 소식을 듣지 못했어. 지금은 관심도 없고……. 오라, 궁금하시다면 알아 봐 드릴까요? 운동미인

옆에 세워 놓고 누가 더 예쁜가? 미인대회라도 열어 보자는 말씀이신가요?"

내 농담에 그녀가 웃고 말았다.

"대학생들은 미팅을 많이 한다고 들었어요."

"물론 미팅을 많이 하지. 나도 한두 번 해 보았어. 남자들이 여자 몫까지 돈을 내야 하는데 난 돈도 없고, 공부에 방해도 되고 해서 그만 두었지만 친구들이 일요일이면 미팅에 나가자고 했지. 하지만 난 그 시간에 주로 도서관에서 공부했어."

"모범생이었네요? 초등학교 때 못한 공부를 대학에서 했나 봐요?"

난 애정 어린 꿀밤을 장난스레 그녀의 이마에 놓았다.

"초등학교 5학년 때 좋은 담임선생님 만나고부터는 공부 열심히 하기 시작했어. 그 후로 줄곧 공부 잘하는 축에 들었다고. 고등학교 때는 수학을 잘해서 친구들이 내 이름만 들어도 '수학 이퀄 박오민'이라고 했어. 수학 중에서도 난 기하를 참 좋아했지. 미팅은 용돈이 없어서 못 나갔던 거야. 미팅을 많이 나갔다면 지금 여기 계신 운동미인을 만날 수나 있었겠나이까?"

우린 마주 보며 환하게 웃었다.

어느 날 정옥이가 심각한 표정으로 어렵게 말을 꺼냈다.

"저는 고등학교도 다니지 못했고 집안 형편도 어려운데……, 오빠 같은 사람하고 계속 만날 수 없을 것 같아요."

나는 깜짝 놀랐다. 그러나 진심을 담아 말했다.

"어려운 환경은 그 사람의 잘못이 아니라고 생각해. 오히려 성숙해질 수 있는 계기가 되지. 나만 해도 먹을 것이 없어서 초등학교 3학년을 다니지 못하고 일 년 동안 이모 집에 떠 맡겨진 일이 있었어. 한 때는 그런 일로 어머니가 나를 버렸다고 원망도 했지만 서럽고 외로운 나날들을 어린 나는 지금 생각해도 잘 견뎌낸 듯해."

지난날 어려웠던 집안 형편이 내 머리를 스치고 갔다.

"괴상망측하고 불규칙적인 시절을 보내기도 했어. 중고등학교 때 수업료를 내지 못해서 학교에서 집으로 쫓겨난 적이 한두 번이 아니었어. 그때 난 집에 돌아가지 않고 동네 냇가에서 멍하니 앉아 있다가 하교시간에 맞춰 집으로 가곤 했지."

나는 대학 진학에 얽힌 이야기도 했다.

"사실 나는 고등학교 3학년 6월부터 12월말까지 대학입학을 포기하고 우울한 나날을 보냈지. 아버지로부터 고등학교를 졸업하고 농사일을 맡으라는 말을 들었기 때문이야. 막막하고 절망적인 그 기분을 나는 지금도 생생하게 기억해. 그러다가 12월 말일에 아버지께서 '합격하면 대학을 보내주겠다'고 하시는 거야."

그때부터 나는 이를 악물고 공부하기 시작했다. 당시는 대학 입학시험 일자가 2월초였기에 한 달 동안 내 인생을 걸고 뼈를 깎는 심정으로 공부를 했다. 그리고 재수하지 않고도 명문대학에 합격하는 기쁨을 맛보았다.

정옥이가 의아하다는 듯 말했다.

"초등학교 때는 전쟁 직후니까 어려운 사람들이 많았겠죠. 그러나 오빠네는 논이 많았잖아요? 그런데도 그렇게 힘들었어요?"

"형님이 세 살 위인데 재수를 해서 아주 좋은 대학에 다니게 됐거든. 동시에 두 명이나 대학에 다니면 부모님도 감당하기 어려우셨겠지. 그래서 동생인 나의 진학을 포기시키려 하셨던 것 같아."

나는 시련을 경험한 것에 감사해 하고 있었다. 그런 시련이 없었다면 집중하여 공부할 능력도 생기지 않았으리라. 대학 때 고생한 이야기도 해 주었다.

"난 대학 다니면서 가정교사를 해서 학비를 보탰지. 교과서를 살 돈이 모자랐어. 자신 있다고 생각한 수학의 경우 교과서를 사지 않고 수업을 들었는데 내 머리로는 교과서 없이 수학학점을 딸 수 없어서 결국 과락 점수를 받았지. 재시험에 도전해서 80점을 받았을 뿐이지만 그게 수학을 더 많이 이해하는 계기가 되었어."

나는 그때부터 어려운 환경은 오히려 복을 가져온다고 믿고 있다. 이어서 말했다.

"개인은 말할 것 없고 민족이나 국가도 역경이 오면 거기에 응전하기 마련이야. 정옥이도 대학을 졸업한 나보다 더 많은 책을 읽었잖아. 또 운동미인도 되었고."

나는 다시 그녀의 눈을 뚫어져라 바라보며 힘주어 말했다.

"애스터 님, 나는 어떤 경우에도 환경의 차이로 사람을 차별하지 않아요. 그런 생각은 조금도 하지 않았으면 좋겠습니다."

그녀는 얼굴을 내 가슴에 한참을 파묻었다.

내가 한 이야기 때문에 대학생활이 더 궁금해진 걸까? 그녀는 내가 공부하는 경영학에 대하여 묻기도 했다.

"오빠, 경영학과에 다닌다면서요. 경영학에서는 무얼 배워요? 경제학하고 어떻게 다른지도 모르겠고요."

"어려운 것을 물으시네. 난 경영학과 2학년이 되어서야 윤 교수님의 경영학 강의를 들을 수 있었지. 한 학기를 배웠을 뿐이라 아직 잘 모르겠는데 어찌 몇 마디로 경영학에 대해 설명할 수 있겠어?"

"몇 년 걸려서라도 설명해 주면 다 들을게요."

"어허, 혹 때려다 혹 붙였네. 내가 아는 범위에서 2분 동안만 설명할 테니까 더 이상 묻지 마세요?"

"그래요. 경영학이 뭔지 말해 주세요."

"경영학은 사업해서 돈을 잘 벌기 위한 학문이야. 사업하는 방법을 배우는 것이지."

"학문의 목적이 돈 잘 버는 것이에요?"

"다 들어보고 말하세요. 우리가 많이 들어 본 상과대학에서 상학도 사업해서 돈 벌기 위한 실용학문이지. 상학이 상품을 사고파는 활동에 중심을 두고 공부한다면 경영학은 거대 자본으로 제품을 생산하고 수많은 종업원을 고용하고 매스컴 등을 통해 광고하는 대기업 활동에 중심을 두고 공부하는 실용학문이야."

나는 계속해서 설명했다.

"첫째, 경영은 management 라고 해. man(사람)과 age(나이)가 합성된 말이지. 경영은 경험 많은 사람의 지혜와 같은 것이고, 사람들이 자기와 협동하도록 하는 리더십과 같은 것이야.

둘째, 경영은 'plan-do-see'라고 해. 어떤 일이든 plan, 목적과 계획을 세운 후에 해야 하고, do, 그 계획에 따라 실천하며, see, 실천한 것이 계획한 대로 되는지 점검해 보아야 한다는 것이야.

셋째, 경영은 administration이라고 해. 가장 중요한 것은 do, 즉, 실천이지. 사업의 실천이 administration인데 이것은 '전문분야' 별로 공부해. 전문분야는 생산, 인사조직, 회계, 재무, 마케팅으로 나누어 공부하는데 내 전공분야는 재무관리야."

내 설명을 듣고 애스터가 토를 달았다.

"고마워요 오빠. 2분 정도 걸린 것 같아요. 자기가 모든 걸 잘하는 사람보다 각 분야별로 잘하는 사람을 알아볼 줄 알고 그 사람의 도움을 받을 수 있는 인격을 갖춘 사람이 경영을 잘하겠군요. 4년 동안 배운 걸 2분에 설명해 주니 고맙습니다. 한편 오빠가 배우는 경영학이 돈을 버는 것이 목적이라니 왠지 좀 쓸쓸한 기분이 들어요."

내가 간단히 응답했다.

"돈은 목적이 아니라 수단이어야 하겠지? 미국의 정신병원의 환자는 대부분이 부유한 가정 출신이래. 돈을 목적 삼아 살아가는 부유한 사람들에게 정신적 아픔이 더 많다는 이야기야."

나는 기업이나 국가 등의 조직을 운영하는 방법이 유사하다는 것을 설명해 주었다. 그리고 겉으로 나타나는 것은 실행(do)이지만 그 전에 계획(plan)이 잘된 것일수록 좋은 결과를 가져온다는 점과 사

꿈엔들 잊힐리야

람이 하는 모든 일은 목적과 계획을 추론해 보는 것이 세상을 현명하게 사는 것이라고 말해 주었다.

어느 날 애스터가 자기 아버지의 건강을 걱정했다.

"아버지가 어제 밤 내내 치통으로 주무시지 못하셨어요. 충치가 심하신 모양이에요."

"이 아픈 건 참기 어렵다던데."

"저는 진한 소금물로 입안을 헹구어요. 그래서 충치가 없어요. 그런데 아버진 그 비싼 미제 가루치약만 쓰고 소금 양치는 안 하셔요. 소금양치가 최고인데 어떻게 하면 딸 말을 잘 듣게끔 할 수 있을까요?"

"의사들은 예방보다 치료에 관심이 더 많아. 아무리 좋은 치약을 써도 충치가 생기거든. 소금물도 충치 예방에 좋지만 소주로 하면 더 좋은데 치과의사들은 관심이 없어. 나는 38도 소주로 30초간씩 하루 두 번 가글을 하고 있지. 그래서 충치가 없어. 윤 교수님에게서 배운 거야. 윤 교수님은 그 방법으로 입 냄새도 잡았대."

나는 잠시 말을 멈추었다가 다시 또 내 자랑을 했다.

"음, 나 같이 똑똑한 사위를 보면 따님의 말도 잘 들어 주시겠지?"

말이 끝나자마자 우리는 크게 소리 내어 웃었다. 꽃밭의 꽃은 물론 잡초들까지도 온 몸을 흔들며 함께 웃는 것 같았다.

07

...

꿈엔들
잇힐리야

우리의 만남은 지지부진 제자리를 맴돌고 있었다. 우리 관계는 오누이처럼 정다운 연인 사이 이상은 아니었다. 농담과 진담으로 결혼할 사람처럼 이야기하고 있었지만 실제로는 별다른 진척이 없었다. 만나도 비슷한 이야기가 되풀이되었다. 그러나 짧기만 한 만남의 시간이지만 한 번도 지루한 적이 없었다. 애스터가 진정으로 나와 함께 있고 싶어 한다는 것을 느꼈고 그녀를 생각하는 것만으로도 사랑하고 사랑받는 기분이었다. 사실 나는 가끔 꿈에서도 애스터를 만나기 시작하였고 그 꿈은 항상 몽정으로 끝을 맺었다.

드디어 입대 날짜가 닷새 앞으로 다가왔을 때, 뜻밖의 계기가 생겼다. 애스터와 꽃밭 데이트를 마치고 여섯 시가 다 되어 돌아 온 나에게 어머니께서 말씀하셨다.

"너 군대 갈 날이 얼마 남지 않았지? 오늘 저녁 밥 먹고 기도원에 갔다가 내일 점심때나 오련다. 내일 아침은 조금 늦게 먹으려무나."

어머니의 표정에는 비장함이 어려 있었다. 어머니는 믿음이 깊으신 분이셨다. 전쟁 때 시래기죽으로 끼니를 때울 때에도 교회 갈 때마다 우리들에게 헌금을 꼭 챙겨 주시던 분이다. 그런 어머니가 입대하는 아들을 위해 기도원에 가셨다가 내일 돌아오신단다.

"예, 알았어요."

기도원은 십리도 더 멀리 떨어져 있다. 하늘이 나 오민에게 주는 절호의 찬스를 어찌 놓칠 수 있으랴.

나는 급히 쪽지를 썼다. 설렘과 흥분으로 손이 마구 떨려 글씨를

쓰기 힘들 정도였다.

"오늘 저녁 여덟 시. 우리 집으로. 시어머니 되실 분 안 계심."

예전처럼 그녀의 집 앞 골목에서 배구공놀이를 했다. 공 튀는 소리가 나자 그녀가 밖을 내다보았다. 곧 그녀의 집 마당으로 공을 차버리고는……. 곱게 접은 쪽지를 건넬 수 있었다.

어머니는 해지기 전에 기도원으로 떠나시고 이제 나, 아니 우리의 세상이 왔다. 곧장 내 방의 아궁이에 마른 볏짚과 솔가지를 불씨 삼아 서둘러 불을 붙인 후에 장작불을 지피고 더운 물을 끓여 목욕을 했다. 그리고 잠시 기도를 올렸다.

"하나님, 사랑하는 사람을 만나게 해 주시어 감사합니다. 진정으로 사랑하겠습니다. 애스터도 하나님께 인도하겠습니다. 감사합니다. 아멘"

사실 난 그때까지만 해도 아직 믿음이 확실한 건 아니었다. 그러나 어머니의 손에 이끌려 어려서부터 교회를 다니다 보니 그런 기도가 나온 것 같다.

날씨가 차가웠으나 만남을 기다리며 방을 청소하고 방안의 물건들을 이리저리 서둘러 정돈하다 보니 콧등에 땀방울이 돋아 올라왔다. 그녀가 온 것은 밤 여덟 시가 조금 지나서였다. 하얀 블라우스에 꽃무늬 플레어 치마로 한껏 멋을 부린 차림이었다. 대문을 단단히 걸어 잠근 후 나는 방긋 웃으며 그녀의 손을 잡고 내 방으로 갔다.

'육체적 사랑'이라는 사랑의 확인 본능을 참아왔던 나에겐 옷 속에 감춰진 애스터의 뽀얀 속살이 먼저 보였다. 아늑한 공간, 둘만의 세상에서 우리는 누가 먼저랄 것도 없이 포옹하고 입을 맞추었다. 그녀는 마음의 빗장을 완전히 풀어버렸는지 자기 몸과 내 몸이 마치 한 몸인 양 온전히 내맡겼다.

나는 서두르지 않았다. 가슴이 두근거렸지만 침착하게 그녀의 옷 속으로 손을 넣었다. 조그만 둔덕, 스물다섯에 처음 만져 본 처녀의 젖가슴, 그 감촉을 뭐라 표현할 수 있을까? 와아, 원더풀! 지금도 손가락 끝이 짜릿하고 멋진 이야기를 속삭이는 듯하다.

더욱 대담해진 나는 가슴을 만지던 손을 허벅지로 가져간 후 서서히 조금씩 손을 위로 올려 더듬었다. 작은 헝겊으로 감싼 그녀의 은밀한 부분이 느껴졌다.

애스터의 호흡이 거칠어졌고 쿵쿵 심장이 뛰는 소리가 귀청을 울리는 것만 같다. 우리는 서로 받아들일 준비가 되어 있었고 상대를 갈망하고 있었다. 하지만 절대 서둘러서는 안 된다. 꽃잎을 따기 전에 꼭 이 한마디만은 하고 싶었다. 늘 하고 싶었지만 아직 하지 못했던 말.

"사랑해. 진실로 사랑해."

"……."

다시 입을 맞추면서 누가 먼저랄 것도 없이 이불 위로 쓰러졌다. 달빛을 타고 가늘게 들리는 것은 가쁜 숨소리뿐.

떨리는 손으로 블라우스 단추를 하나씩 풀기 시작했다. 뽀얀 속살이 드러나자 내 정신이 점점 아득해져 갔다. 옷을 하나하나 벗길 때, 애스터는 마음의 준비를 한 듯 다소곳이 내 손길을 도와주며 온전히 순종했다.

이제 남은 것은 마지막 옷 하나뿐. 우리는 점점 천지창조 직후의 아담과 이브가 되어갔다.

애스터는 밝은 불빛 아래에서도 주저함이 없었다. 얼굴만 귀엽고 예쁜 게 아니었다. 하얀 목선과 탱탱한 젖가슴 그리고 날씬한 허리 거기에 눈부시도록 뽀얀 허벅지……. 그야말로 완벽하고 아름다운 육체였다.

연인의 축제, 사랑의 향연, 이제 개막 축포를 마악 발포하려고 한다. 결혼식이 일생에 단 한 번 있는 성스러운 일이라지만 진정 첫 합궁이야말로 결혼식보다 더 고결한 영혼의 순간이 아닌가? 정성을 다하여 후회 없는 '사랑의 확인'을 이벤트처럼 하고 싶었다.

나도 하나 둘 옷을 벗기 시작해서 마지막 옷을 벗어 던졌다. 그리고 애스터가 도톰한 꽃잎 위에 걸친 마지막 천 조각을 벗겨냈다. 이제 우리는 에덴동산의 아담과 이브처럼 실오라기조차 걸치지 않은 알몸이 되었다. 그러나 웬일인지 조금도 부끄럽지가 않았다.

남은 것은 사랑을 확인하는 마지막 의식뿐, 하지만 난 첫 경험을 하기 전에 먼저 해보고 싶은 일이 있었다.

"애스터, 춘향전 읽었지?"

"춘향전? 세 번 정도 읽었어요."

갑작스런 질문에 그녀가 의문에 찬 크고 예쁜 두 눈을 반짝인다.

"세 번이나? 그렇게 재미있었어?"

"재미도 있었지만 읽을 책이 많지 않아서요. 책 구하기가 어렵거든요. 그런데, 왜 갑자기 춘향전 이야기를 해요?"

"이 도령이 춘향이하고 사랑을 나눌 때 말이야. 말타기놀이를 하던데."

"……."

그녀는 한참 동안 생각하더니 입을 열었다.

"우리도 말타기 하자고요?"

"이 도령과 춘향이의 사랑, 닮고 싶은 사랑이잖아? 그렇지?"

그녀는 다시 한참 동안을 생각에 잠기는 듯 말이 없었다. 망설이는 듯했다. 하긴 발가벗은 채 춘향이가 말 타는 흉내를 낸다는 것이 얼마나 쑥스러운 일인가? 그러나 나는 이 도령과 성춘향을 흉내내는 것이 꽤 매력적인 일이라고 생각했다.

"좋아요. 그렇게 해요."

그녀는 결심을 한 듯 흔쾌히 따라 주었다. 이 도령과 춘향이를 닮고 싶다는 말에 용기가 났는지 애스터가 적극적으로 동참하기로 한 것이다.

"춘향이는 말타기놀이를 할 때 옷을 입고 탄 것 같던데요?"

"아니지, 영화에서라면 모를까 실제는 아니지."

"알았어요. 한 번 춘향이가 되어 볼게요."

"박 도령이 애스터 님을 모시겠나이다. 어서 타시옵소서."

내가 엎드려 그녀에게 등을 대어 주었다.

빈부와 신분의 차이를 넘은 사랑, 순수하고 진실한 절개의 사랑,

사랑의 화신, '이 도령과 춘향이'가 사랑놀이를 하듯 우리도 말타기 놀이를 하기로 한 것이다.

"내가 말 태우고 방을 세 바퀴 돌 테니까 애스터도 날 태우고 한 바퀴 돌아. 그 다음에 하늘과 땅이 만나면 좋겠지? 자 타봐."

그녀는 조심스럽게 내 등에 올랐다. 하지만 말을 탔으나 겨우 한 무릎 움직이자 애스터는 내 등에 납작 엎드려 버렸다. 그녀의 도톰한 꽃잎이 내 등허리 쪽에 무언가 미끄럽고 보드라우면서도 강렬한 자극을 남겼다.

내가 이 도령처럼 소리를 했다.

"어화둥둥 내 사랑."

그녀가 화답했다.

"어화둥둥 내 사랑."

난 애스터를 태우고 방을 한 바퀴 돌았다.

쾅쾅쾅!

돌연 대문을 두드리는 소리가 들렸다.

"하필 이 밤중에……. 대체 누구지?"

서둘러 옷을 걸치고 밖으로 나가면서도 마음이 조마조마했다. 대체 누굴까? 어떻게 대해야 할까? 무슨 핑계를 대어 돌려보내야 할까?

온갖 생각이 머리에 몰려 왔다.

"누구세요?"

"나다. 문 열어라."

으악! 대문을 두드린 사람은 전혀 예상하지 못한 사람, 어머니였다. 대체 어머니가 왜? 지금쯤은 기도원에 계셔야 할 텐데.

"어, 어머니!"

"빨리 문 열지 않고, 뭐 하고 있냐?"

"기, 기도원에 가신다더니……?"

"저녁예배만 드리고 왔다. 내일 아침에 할 일이 생각나서."

"어두워서 잘 안보여요. 조금만 기다려 보세요."

꾸물거리고 미적거렸지만 빗장을 여는 것 외엔 다른 도리가 없었다.

어머니가 마당으로 들어오셨을 즈음 방에서 그녀가 고개를 숙이고 나왔다. 다행히 옷을 급하게나마 챙겨 입은 모양이었다.

"어라, 너 정옥이 아니냐? 밤늦게 웬일이냐?"

그녀는 죽을죄라도 지은 듯, 고양이 앞에 쥐처럼 두려움에 사로잡혀 있는 듯 보였고 엄한 시어머니께 꾸중 듣는 첫째 며느리처럼 잔뜩 주눅이 들어 있었다. 그러곤 외마디 인사말도 하지 못하고 고개를 푹 숙인 채 도망치듯 사라져 갔다.

한참 동안 정옥이가 나간 문을 쳐다보시던 어머니는 모든 상황을 짐작하신 듯했다. 불호령이 떨어지리라 걱정했지만, 뜻밖에도 차분한 음성으로 단호하게 말씀하셨다.

"쟤는 절대 안 된다. 아예 생각도 하지 마라."

다음날 아버지가 기거하시는 대전 집으로 거처를 옮겼다. 그리고 입대일자에 맞춰 논산 훈련소로 갔다. 애스터에겐 아무런 연락도 못하고……

훈련소에서 내무반 반장인 향도를 맡았다. 우리 내무반에는 한글을 읽지 못하는 훈련병이 두 명이나 있었다. 결혼한 후에 입대한 훈련병은 아내에게서 온 편지를 읽어 주고 답장을 써 달라는 부탁을 하곤 했다. 그가 부탁한 답장을 써준 후에 나도 애스터에게 편지를 썼다. 훈련소에서 애스터에게 두통의 편지를 보냈고 한 통의 편지를 받았다. 그녀가 처음 이 편지를 썼을 때만해도 아마 어머니로부터 결혼을 반대하신다는 말을 듣기 전인가 보다.

*   *   *   *   *   *

●   ●   ●

훈련소에서 받은 편지

오민 오빠에게

오빠! 벌써 겨울이에요. 훈련 받기 힘들죠?
어려운 훈련을 통해 더 강해 질 것을 믿으면서도

한편으로 걱정이 되는 것은 제가 소심한 탓이겠죠?

편지를 읽어 내려가는 동안

오빠의 모습, 삼각하트 사 주며 밝게 웃던 모습이 떠올랐어요.

입대한 지 겨우 한 달 남짓 지났는데 왜 이리도 그리운지.

"라꽃, 애스터." 하고 불러주던 목소리가

지금도 제 품속에서 울리고 있습니다.

우리가 처음 만난 8월 27일은 저의 새로운 생일이에요.

그날부터 제겐 모든 게 새로워졌거든요.

오빠를 만나기 전, 사실 세상을 더 살고 싶지 않았었어요.

학업이며 취업이며 모든 것이 제 소망과 달라지고

꿈도 사라지고 저의 앞날은 슬프도록 어둡기만 했습니다.

그랬던 제가 이젠 오빠를 생각하면 집안일을 할 때도,

농사일을 거들 때에도 기운이 납니다.

숨 쉬는 것, 밥 먹는 것조차 즐겁기만 해요.

오빠가 학교도 제대로 못 나온 저를 무시하지 아니하고,

눈물을 닦아 주고 진심으로 제 마음을 받아 주었을 때,

믿음과 존경으로 가슴이 벅차고 눈물이 났습니다.

부족한 제가 이렇게 넘치는 사랑을 받다니요.

저와는 아무런 상관이 없다고 생각했던 세상이었는데

지금은 제가 주인공이라도 된 것만 같아요.

오빠는 존재 자체만으로 저의 행복이에요.

이렇게 보고 싶고, 얼굴을 맞대고 쫑알거리고 싶은데······.

박오민, 당신은 저에겐 사랑입니다.

설렘으로 당신이 돌아오는 날을 기다립니다.

그대는 내 넋입니다. 정성을 다하여 기다리렵니다.

보고 싶고, 사랑해요.

12월 6일

박오민을 사랑하는

라꽃 올림

* * * * * *

꿈엔들 잊힐리야

08

. . .

새 길을
열어 가다오

제대 후에 직장생활을 하면서 경제적으로 여유가 생겼고 마음에
도 여유가 생기기 시작했다. 어머니의 반대는 여전해서 애스터와
만나려고 시도하는 것조차 겁이 났다. 어머니를 상대로 싸울 정도
로 애스터를 사랑하지 않는 것일까? 난 애스터와의 재회를 주저하
고 있었다. 어머니의 뜻을 거역하면서까지 애스터와의 연애를 고
집할 수는 없다는 자식 된 도리가 앞섰기 때문인지도 모른다. 그
런 상황에서 애스터와 결혼할 수 있다는 확신은 흐릿해졌지만 그리
움은 어쩔 도리가 없었다. 문득 그녀가 생각나면 그 때마다 편지를
쓰곤 했다. 그러나 보내지 않았다. 봉쇄당한 마음처럼 상자에 고이
간직해 두었을 뿐이다. 어느새 편지는 모두 서른여덟 통이 되었다.
편지를 보내지 않은 건 어머니의 허락을 확신할 수 없는 상황에서
그녀를 더 이상 혼돈에 빠뜨리거나 마음 아프게 하고 싶지 않았기
때문이다.

아들이 이토록 큰 상실의 아픔과 무책임에 대한 자책으로 피눈물
을 흘리고 있는 걸 아는지 모르는지 어머니는 결혼을 재촉하였다.

"네 나이도 벌써 서른이 넘었잖니? 결혼해야지. 지금은 연애결
혼을 하는 세상이라는데 혹 사귀고 있는 여자는 없냐?"

서른 살이 넘자 가까운 친구들은 거의 결혼해 가정을 이루었고
나만 미혼이었다. 친구들이나 아는 사람을 만나면 '예쁜 신부 감을
소개를 해 주겠다'고 하는 통에 마음이 불편했다. 난 다른 사람하
고는 결혼하고 싶지 않았다. 애스터가 아니라면.

"사귀는 여자 없어요. 어머니, 저, 결혼하고 싶지 않아요."

"정옥이, 걔 때문이냐? 꿈도 꾸지 마라."

"……."

"결혼, 늦어도 많이 늦었다. 넌 좋은 직장에 월급도 많으니 일등 신랑감이다. 여기저기서 대단한 혼처가 밀려와 귀찮을 지경이다. 장안에서 제일간다는 중매쟁이에게 부탁했다. 이번 주일날 선보아 야 한다."

"지금은 결혼할 생각이 없다니까요. 일요일에요? 다른 약속이 있어요."

짜증스러운 말투로 대꾸했다. 그런데도 어머니는 매번 수많은 혼처를 소개했다. 나는 그럴 때마다 기를 쓰고 싫다고 했지만, 어머니가 연일 그러는 통에 결국 몇 번 선 자리에 나가는 수밖에 없었다. 어머니의 집요함이 나의 유약함을 꺾은 것이다. 어머니는 유명하다는 뚜쟁이에게 부탁해서 이름만 대면 알만한 대단한 집안의 아가씨들과도 선을 보게 하였다. 모두가 아름답고 참했지만 하나같이 내겐 돌이나 나무 이상으로 느껴지지 않았다. 그들은 애스터가 아니지 않은가.

나는 어머니 말씀에 겉으로만 순종했다. 애스터와의 결혼은 포기했지만 그래도 억지라도 선을 본다는 것이 애스터를 배신하는 것 같아 가슴이 쓰리고 아팠다. 나는 정옥이와의 추억들을 떠올리며 발버둥쳤지만 어쩔 수가 없었다. 그 당시 안다성의 히트곡 '사랑이 메아리칠 때'라는 노래가 꼭 내 마음을 말해 주는 것 같아 틈만 나면 이 노래를 불렀다. 가수들이 자기 노래를 음반에 취입하기 전에 오백 번 이상 연습한다고 했던가? 나도 이 노래만큼은 가수 못지않게 부른다. 다 애스터 덕분이다.

"바람이 불면 산위에 올라 노래를 부르리라, 그대 집까지.

아, 아, 아 못 잊는다고, 사무친다고."

어머니는 지독하게 결혼조건을 따지셨다. 하지만 내가 생각하기에는 암만해도 결혼의 첫째 조건은 사랑이었다. 어머니의 세상적이고 물질적인 조건에 걸려 사랑하는 사람과의 결혼을 포기하려니 슬프고 괴로웠다.

아름답던 사랑의 순간들이 강물처럼 흘러가버렸다. 애스터의 고운 얼굴도 가물가물해지는 것 같았다. 더는 애스터를 기다리게 할 수도 없었다. 그러나 이별이라는 단어만 떠올려도 목이 멘다. 애스터와 헤어지겠다고 마음먹자 사무치게 그립고 견딜 수 없을 정도로 마음이 힘들어졌다.

결국 어느 날 정옥이와의 결혼을 포기하고 어머니 말에 순종하기로 마음먹었다. 작심하기는 했으나 그날부터 밥맛이 없어져서 저녁도 먹지 않고 아침밥도 거른 채 출근하는 날이 적지 않았다. 점심을 같이 먹자는 동료들의 손에 이끌려 식당에 가도 입맛이 써서 밥이 먹히지 않았다.

끼니를 거르니 매사에 의욕이 없어지고 온 몸이 축 늘어졌다. 다시는 그 누구도 사랑할 수 없을 것 같았다. 모든 게 귀찮았다. 살고 싶은 의욕마저 없어졌다.

하지만 어머니에게는 단 한 번도 대놓고 불평하지 않았다. 어머니로서 반대할 권한이 있다는 생각이 들었다.

어머니는 날 볼 때마다 선 보기를 종용하였다.

"선 보지 않을래요. 마음에 드는 여자가 없어요."

이렇게 어머니에게 간접적으로 저항했지만 한편으로는 죄송스럽기도 했다.

어머니도 사랑하는 사람 못지않게 내겐 고귀한 사람이었다.

서른두 살이 되던 해 7월, 나는 산에 올라가 고래고래 소리 지르고 밤새 울었다. 그날 나는 친구의 중매로 결혼을 하기로 마음먹었고 이를 어머니께 선언하듯 말했었다.

비에 맞아 떨고 있는 작은 새처럼 슬픔을 이기지 못하고 허우적거릴 애스터의 모습이 보이는 듯했다. 애스터, 과꽃! 피어보지도 못하고 시들어버리지는 않을까?

"미안해! 정옥아!"

"애스터! 미안해!"

다음 날 오후 고향으로 가는 열차에 몸을 실었다. 직장에는 조퇴를 신청해 놓고 고향의 냄새를 맡고 싶어 아무도 몰래 잠수를 탔다. 여름 소나기가 열차의 넓은 차창에 부딪쳐 방울방울 맺힌 눈물처럼 주르륵 흘러내렸다. 빗방울이 그녀의 얼굴에 겹쳐졌다. 빗방울 같은 눈물이 또르르 내 뺨을 타고 흘러내렸다.

왜 가는지, 무엇을 어찌 하겠다고 가는지? 머릿속은 하얗게 비워졌다. 커다란 자석에 이끌리듯 그녀가 사는 곳, 우리가 처음 만났던 곳으로 갔다.

차부에서 내려 학교당다리로 향했다. 그날은 오일장이 서는 날이었다. 얼핏 보기에도 많은 사람들이 오갔지만 내 눈에 사내들은 의미 없는 존재로 걸러졌고 여자 중에서도 젊은 여자들은 다 애스터인 것 같아서 유심히 살펴보게 되고 한 번씩 더 돌아보게 되었다. 그러다가 다 부질없는 듯해서 그저 먼 산을 바라보며 우두커니 서 있다가 뚜벅뚜벅 둑길을 타고 내려갔다. 우리가 앉아서 밤새도록 이야기했던 그곳, 그곳은 내가 애스터를 생각할 때마다 자주 떠올리던 곳, 내 첫사랑의 못자리, 둘이 앉았던 그 작은 바위와 지줄대며 흐르는 강물은 그대로 있었지만 쓸쓸해 보였다.

　애스터는 아직 이 마을을 떠나지 않았으니 가끔 이곳을 지나갈 것이다. 그럴 때면 우리의 추억을 떠올릴 테지. 그녀도 나처럼 날 그리워할까? 아님, 이젠 지쳐서 돌아설 준비를 할까? 우린 무모했던 걸까? 이렇게 큰 장애가 우리를 가로막을 줄 모르고 대책 없이 사랑하기만 했던 젊은 우리가 여전히 저 바위에 앉아 밀어를 속삭이고 있는 듯했다. 꿈엔들 잊힐리야. 눈물이 비 오듯 쏟아지고 가슴이 저미어와 울음이 터져 나왔다. 소리 내어 울고 또 울던 나는 무척이나 괴롭고 외로웠다.

　어느새 땅거미가 지고 어둠이 깔렸다. 난 차부로 향했다. 우리가 늘 함께 했던 코스. 마치 그녀가 동행하는 것 같았다. 차부의 주막에서 홀로 술을 마셨다. 평소 입에 대지 않던 술을, 그것도 빈속에 꾸역꾸역 마셔댔다.

　밤 열시가 넘어 비틀비틀 술집을 나와 나도 모르게 정옥의 집 앞

새 길을 열어 가다오

에서 그만 쓰러지고 말았다.

다음 날 일어나 보니, 어머니가 타다 놓으셨는지 꿀물 한 사발이 머리맡에 있었다. 어머니는 왜 술을 마셨는지 묻지도 않으셨고 그저 어서 서울로 올라가라고만 독촉하셨다.

나는 서울로 가는 길에 정옥이 집께를 흘깃 보았으나 집안이 고요해 사람이 없는 집 같았다. 텅 빈 것 같은, 황량함. 정옥의 마음도 나와 다르지 않겠지만, 기약 없는 약속을 이젠 끝내주는 것이 그녀에게나 나에게나 좋을 것 같았다.

훗날 나는 이런 독백을 자주 했다.

"과꽃, 한 번도 눈여겨보지 않은 이, 너를 한 낱 잡초로 여길지라도 너는 보석 중에 보석인 걸.

꿈엔들 잊힐리야.

소곤댔던 언약들을 던져버렸네. 창문이 바람에 덜컹대어도, 행여, 내 바람 되어 부딪치는 소리로 여기지 마오.

길 잃은 아이처럼 서 있지 말고, 다른 길을 가야지. 단풍과 진달래가 눈물을 닦아 주겠지. 새 길을 열어 가다오. 그 사랑, 지켜줄 수 없어 마음속에 접으니 부끄럽구나.”

한 순간이나마 진정으로 사랑했다는 것은 누구나 경험할 수 있는 일은 아닐 것이다. 정옥이와의 사랑을 난 기쁨으로, 보물처럼 간직하기로 했다.

육체적인 사랑은 나누지 못했지만 미완의 사랑이기에 더 안타깝고 애틋하게 기억될 것이다.

정옥을 만난 이후로는 어여쁜 여자를 보면 과꽃, 정옥이 생각났다. 또 누군가의 사랑이야기를 듣노라면 그녀와 만났던 순간들이 하나하나 파노라마처럼 그려졌다.

세월이 흐른 후 고향에 갔을 때 예전에 정옥이를 기다리던 학교당 다리와 함께 걷던 둑길, 마주 앉아 사랑을 나누고 도란도란 이야기 나누던 강변의 자갈밭과 바윗돌이 그대로 있었다. 남몰래 만나던 곳, 그 추억의 장소가 오래토록 살아 숨 쉬고 있는 것을 보았을 때 마음에 그리움인지 후회인지 모를 아릿함이 느껴졌다. 아직도 그녀가 어딘가에 숨어서 다소곳이 기다리고 있을 듯했다. 수치스럽게도 애스터를 지켜주지 못한 내 못남도 그곳을 맴돌고 있으리라.

09

. . .

굽이쳐
흐르는 강

내 나이 서른둘이 되었을 때 중고등학교 동창 김윤수와 함께 점심을 먹는 중이었다.

"야 박오민, 너 내 동생 한 번 만나볼래?"

난 국밥을 한 술 뜨다 말고 윤수 녀석을 바라보지 않을 수 없었다.

"그런데 너 아직 그 여자를 못 잊었지?"

윤수는 내 대답을 기다리는 듯 수저를 놓은 채 내 얼굴만 멀거니 보고 있었다.

"그래, 잊기 어려울 것 같다. 하지만 어머니의 반대를 넘어 설 수도 없으니……."

나는 이렇게 말을 하면서도 무기력감과 심한 수치심을 느꼈다.

"내 행동에 대하여 책임지지 못하는 내가 가증스럽지만 그 여자와 결혼은 포기하기로 했어. 그녀와 결혼해도 그녀가 행복할 것 같지 않아서."

"그렇다고 평생 혼자 살 거야?"

윤수는 마시던 물잔을 다소 거칠게 내려놓으며 다그치듯 물었다.

"물론, 자식 된 도리는 해야 하겠지."

말하면서도 맥이 빠지는 기분이었다.

"그래, 잘 생각했다."

"그 여자에게 나를 사랑하도록 하고 그것을 책임지지 못한 것은 평생 동안 부끄러움으로 남겠지?"

나는 울컥하여 말을 계속할 수가 없었다. 반 넘게 남은 국밥을 바라보며 한참 동안 호흡을 고르고 있으려니 윤수가 밥상을 주먹으로 톡톡 친다. 녀석을 바라보니 씩 웃어 보이는 거였다.

 "오민아, 너무 자학하지 마라. 첫사랑이 불행하다고 하면 가슴이 아프고 행복하다고 하면 배가 아프다가도 결혼하자고 하면 골치가 아프다고 하더라. 그런데 너는 골칫거리가 없어져서 참 잘됐지 않니?"

 그런 윤수의 너스레에 쓴 웃음이 나왔다. 심호흡을 크게 한 번 쉬니 상쾌한 기분마저 들었다. 아, 사람만큼 간사한 동물도 없을 거다. 난 스스로가 혐오스러워졌다. 그러나 행복해지고 싶다는 욕망이 차올랐다.

 "그녀를 만나본지 7년이나 지났으니 이제는 그녀가 결혼을 승낙할지도 장담할 수 없게 됐어. 내가 생떼를 써서 결혼한다 해도 그녀가 행복하기 힘들 것 같아. 그러니 이제 추억 이상의 의미를 두어선 안 되겠지."

 "그래 언제까지 그러고 살 수도 없잖아. 너도 남들처럼 살아야지."

 "윤수야, 어제가 아무리 화려했다 해도 오늘이 어제를 부러워만 하면 옳겠니? 반대로 어제가 아무리 수치스러웠다 해도 오늘이 어제를 부끄러워만 하면 옳겠니? 그 어떤 경우에도 어제보다 오늘이 더 가치 있고 아름다워야 한다고 생각해."

 나는 물을 한 모금 마셨다. 말을 많이 하지도 않았는데 목이 메는 느낌이었다. 그리고 잠시 뜸을 들이다 이어 말했다.

 "일단 결혼하면 아내는 첫사랑보다 만 배 이상 귀하게 대해야 한다고 생각해. 다른 사람과 비교해서도 안 되고 옛 애인을 떠올려서도 안 되겠지. 아직 그녀를 다 잊지 못했지만 언젠가 잊히리라고 확신해."

윤수가 한숨을 쉬더니 읊조리듯 말했다.

"물론 생각이 난다고 해서 계속 사랑하고 있는 것은 아니겠지. 더욱이 네가 그녀에게 계속 집착한다면 이제 정리가 된 너의 마음 까지 주변 사람들에게서 오해받을 수도 있고 그녀의 상처가 오히려 덧날 수도 있지. 너에게 전환점이 필요해."

내가 다시 말했다.

"옛사랑에 얽매여 새로운 삶에 흠이 간다면 잘못한 것이고 아름 다운 추억일지라도 과거에 얽매여서는 안 되지. 현재에 집중하고 현실을 기쁘게 받아들이는 것이 나의 가치관이니까."

그리고 며칠 후 윤수의 여동생을 만나기로 했다. 그러기로 마음 먹은 것에는 무엇보다도 윤수의 권고가 결정적인 역할을 했지만 그 의 어머니에게 받은 특별한 인상 때문이기도 했다. 그 동안 몇 번 인사만 했을 뿐인 데도 윤수는 자기 어머니에 대하여 종종 이런 말 을 했었다.

"우리 어머닌 아버지 말씀에 무조건적으로 순종하셔. 어떤 경우 에도 아버지의 의견에 반대하지 않고 혹 생각이 다를 경우에는 조 심스럽게 다르다는 뜻을 내비칠 뿐 조금도 강하게 주장하는 경우는 없으셨어. 아버지에게 불평하신 적이 없고 여태 부부싸움 하시는 걸 한 번도 못 봤어."

윤수는 자기 어머니를 진심으로 존경했다. 아버지에게 져드리는

굽이쳐 흐르는 강

어머니를 대신해 항상 마음속으로 어머니를 응원했다. 반대로 나는 아버지 편이었다. 윤수는 아버지가 잘못해도 항상 아버지 말씀을 따르는 어머니를 안타까워하면서 좋아했고 나는 그 반대로 어머니가 잘못해도 항상 어머니 편을 들어주시는 아버지가 안타까웠지만 존경스러웠다. 누구나 자기 마음대로 결정하고 싶겠지만 실은 양보하는 사람이 주변 사람들로부터 속마음으로 존경을 받는 사람이 되게 마련이다.

나와 윤수, 그리고 윤수의 여동생인 은혜, 이렇게 셋은 칠월의 첫째 토요일 다섯 시 반에 명동에 있는 동해다방에서 만났다.

은혜는 체크무늬 원피스를 입은 지극히 수수한 차림새를 하고 있었다. 목걸이나 귀걸이도 하지 않았고 화장도 하지 않은 얼굴이었다.

상식적으로만 본다면 선보는 자리에는 에티켓에 다소 어긋나는 경우였을지 모르나 내게는 신선해 보였다. 그동안 수많은 억지 선을 보면서 짙은 화장에 고급 양장을 입거나 화려한 옷에 주렁주렁 귀고리며 목걸이를 하고 나온 여성들을 많이 보아 왔던 터였다. 수수한 은혜의 모습이 속되지 않음을 보여주는 것 같아 마음에 들었다.

차를 마신 후 윤수는 돌아가고 둘만 남았다. 어렸을 때엔 아이처럼 느껴졌는데 벌써 스물여섯 살이나 되어 말을 놓기가 어려웠다. 은혜도 찻잔만 만지작거리고 있을 뿐 말이 없어서 답답한 마음에 내가 말문을 열었다.

"은혜가 초등학생일 때, 그러니까 내가 고등학교 다닐 때 보았던 생각이 나는데요. 그때만 해도 어린애였는데……."

은혜가 내 쪽으로 몸을 기울이 듯 앉은 자세를 다시 취했다. 그러곤 입을 떼었다.

"저는 그 후로도 오빠들끼리 같이 놀러 다니는 모습을 이따금씩 먼발치로 보았죠. '오민이는 책임감이 강한 친구'라는 말을 윤수 오빠가 가끔 했어요."

"허어, 칭찬부터 듣네요. 그 친구가 나를 유달리 좋게 보아주어 그렇죠."

나는 은혜의 얼굴을 빤히 바라보며 웃는 얼굴로 말했다. 호기심을 띤 눈빛을 보내며 물었다.

"직장에 다닌다고 들었는데 무슨 일을 맡고 있어요?"

"제약회사인데요. 저는 연구원으로 일해요. 입사한 지 두 해가 지났는데도 아직 일이 낯설어요."

"오늘 같은 토요일에는 몇 시에 퇴근해요?"

"규정으로는 한 시 퇴근이지만 토요일에도 평소와 같이 여섯시나 되어야 퇴근할 수 있어요. 오늘은 연구소 소장님에게 말씀드리고 조금 일찍 나온 거예요."

우리는 다방에서 나와 가까운 명동 한일관으로 자리를 옮겼다. 상추쌈에 불고기와 굴비살을 올려놓고 된장으로 맛을 내어 먹는 것이었다. 은혜가 굴비살을 발라낸 후 몇 점을 내 밥 위에 얹어 놓았다. 난 은혜가 건네준 굴비살 그대로 밥 한술을 떠 쌈을 싸 먹었다. 묘한 기분이었다. 무슨 감사의 표현이라도 해야 할 것 같았다.

"은혜는 일요일에는 뭐 하며 시간 보내죠?"

"거의 교회에 가요. 그동안 못잔 잠도 자고. 친구들하고 영화 볼 때도 있지만요."

"아, 그럼 내일 영화 보러 갈까요?"

"대한극장에서 '로마의 휴일'을 상영해요. 오드리 햅번을 꼭 보고 싶었는데 잘 됐네요."

우린 다음 날 저녁 여섯 시에 극장 앞에서 만나기로 했다.

나는 일요일 아홉 시 예배를 드리고 한 시에 대한극장으로 가서 일곱시 반표를 예매했다. 그리고 직장에 가서 월요일에 할 일을 준비하다가 저녁 여섯시에 극장 앞으로 갔다. 은혜가 미리 와서 기다리고 있었다.

"일곱시 반표를 샀어요. 식사할 시간이 충분한데 무얼 좋아해요? 나는 잡식성이라 무엇이든 잘 먹거든요."

"저도 아무거나 가리지 않고 잘 먹어요. 가까운 음식점으로 가요."

근처에 있는 아스토리아호텔의 양식당으로 들어갔다. 우린 비프스테이크에 포도주를 한 잔 곁들여 먹으며 이야기를 나누었다.

나는 은혜와 친해지고 싶었을 뿐 적당히 할 이야기도 생각나지 않았다. 음식을 기다리는 동안 경영전문 서적을 읽다가 알게 된 아스토리아호텔에 관한 이야기를 했다. 여자 앞에서 아는 척하는 내 못된 성격이 발동한 것이다.

"필라델피아의 한 호텔에 아스타라는 야간 근무원이 있었답니다. 그 도시에 행사가 있어 빈 방이 전혀 없었는데, 한 노부부가 들어와 방을 구했습니다. 아스터는 '지금 빈 방이 없습니다. 다른 곳에 가도 마찬가지일 겁니다. 너무 누추하지만 제 방이라도 쓰시면 어떻겠습니까?'라며 노부부에게 친절을 베풀었대요. 그 후 뉴욕에 아스토리아호텔을 신축한 그 노인은 그 첫 번째 총지배인으로 아스터를 초빙했답니다. 바로 지금 우리가 있는 이 호텔의 이야기이죠."

은혜는 이야기하는 나의 눈을 가끔 바라보며 고개를 끄덕이다가 내 이야기가 다 끝나자 말했다.

"평소 가지고 있던 좋은 성품이 빛을 본 이야기네요. 그런 사람이 행운을 만나겠죠?"

은혜는 앞으로 볼 영화의 여주인공인 오드리 햅번과 남자 주인공 그레고리 펙에 대하여 이런 저런 이야기를 하다가 나에게 물었다.

"오빠는 그동안 다른 여자하고 사귄 일 없어요?"

나는 당혹스러웠다. 우선 그녀의 친오빠인 윤수가 정옥이와의 이야기를 알고 있는데 은혜도 알고 묻는 것인지, 모르고 묻는 것인지도 궁금했다.

"음……. 있었죠. 두 달 정도 사귀었어요. 그러나 안 만난 지 벌써 칠년 가까이 지났고 지금은 잊어버렸어요. 마음이 정리되지 않았으면 은혜를 만날 리가 없지 않겠어요?"

"두 달 정도라면 서로를 잘 알기에 짧은 시간 아니에요?"

난 은혜의 말에 순간적으로 반발심이 일었지만 차분히 응대하기로 했다.

"어떻게 보면 짧죠. 하지만 서로 만난 기간은 숫자에 불과하다고 생각해요. 소설이지만 로미오와 줄리엣, 두 사람이 사랑을 시작해서 죽기까지 기간은 불과 일주일 동안이거든요."

은혜는 약간 언짢은 듯했으나 더 이상 추궁하지 않고 화제를 바꾸었다.

"음식이 참 맛있네요. 그래도 다음부터는 양식은 피하고 싶어요. 아무래도 먹기 어색하고 양도 너무 많고요……. 비싼데다가 익숙하지 않아 먹기가 조심스러워요."

은혜의 솔직함이 마음에 들었다. 나 역시 그에 동의한다는 뜻을 드러내고 싶어졌다.

"그렇죠? 외국인하고 식사할 기회가 많아서 식사예법만 따로 배웠지만 저는 양식을 먹을 때에도 젓가락을 사용하거든요. 서양 사람들이 젓가락을 사용하면 얼마나 편한지를 몰라서 헤매는 거라고 생각해요."

사실 나는 그날도 그랬지만 외국인과 양식을 먹을 때에도 젓가락을 사용하였다. 그들은 자유자재로 젓가락을 사용하는 나를 신기해하면서도 부러워하는 눈초리로 바라보며 재미있어 했다.

후식으로 나온 커피를 마시면서 내가 물었다.

"영화배우 중에서 누굴 좋아 하세요?"

"음, 지금 보려고 하는 영화의 주인공 오드리 햅번이에요. 아직 영화를 보지 못했지만 예고편만 보고도 또 사진만 보고도 마음에 확 들어왔어요. 닮고 싶고 흉내 내고 싶은 배우예요."

"나도 팸플릿의 사진을 보자마자 호감이 갔어요. 그 눈매와 목선, 깨끗하고, 사슴처럼 느껴지던데요. 하지만 동양인으로는 흉내 내기 어려운 이미지 아닌가요?"

"모방하기 쉽고 어려운가는 별개의 문제이죠. 내 마음에 끌리는 걸 어떻게 해요."

나는 여기서 또 아는 척을 했다.

"모방이나 따르고 싶은 사람, 즉 미메시스의 대상이 누구인가를 알면 그 사람이나 민족의 미래도 알 수 있습니다. '미개사회와 문명사회의 미메시스'는 다르다고 은사이신 윤 교수님이 가르쳐 주셨어요. 개인의 발전도 미메시스에 따라 삶의 질이 달라진다고 했어요."

은혜는 내 말을 기다리지 않고 궁금해 하며 질문을 쏟아냈다.

"그래요? 미메시스? 저는 모르는 말이에요. 어떻게 다르다고 했어요?"

"미개사회는 미메시스의 방향이 연장자예요. 연장자의 경험을 소중히 여기는 것이지요. 그 연장자의 배후에 있다고 느껴지는 죽은 조상들을 포함합니다. 그런 사람들은 미메시스의 방향이 과거를 향하고 관습이 사회를 지배해서 변화가 없는 사회가 되죠. 한편 문명화된 사회는 '미메시스의 방향이 개척자'이고 창조적 인물에게로 향합니다. 그 결과 관습의 껍질이 벗겨지고 사회는 동적인 변화와 성장의 길을 따라 움직이죠."

나는 물 한 잔을 마시며 목을 축인 후에 이어 말했다.

"지구촌에 흑인 · 백인 · 황인종이 살고 있는데 흑인과 백인만 비교해 봅시다. 백인이 흑인보다 경제적으로 아주 오랜 동안 더 잘 사는 이유가 무엇일까요? 사는 곳의 환경이나 자원이 더 풍부해서? 신체조건이 좋아서? IQ가 높아서? 모두 아니죠."

은혜의 눈이 동그랗게 변했다.

"그럼 미메시스 차이 때문이란 거예요?"

"그렇다고 생각합니다. 무엇에 더 가치를 두는가에 따라 그 민족의 미래가 달라지죠. 조상을 숭배하고 어른을 공경하고 전통을 소중히 여기는 것은 좋지요. 하지만 지나치게 강조되면 변화를 거부하고 거기에 머무르기만 해서 발전에 방해가 될 수 있습니다. 흑인들이 조상이나 전통에 더 많은 가치를 두고 살았습니다. 백인들이 새로운 것, 진취적이고 창조적인 것을 더 존중하는 성향이 강했기 때문에 발전을 리드했죠. 한 때 중국이 제일 잘 사는 나라였습니다. 하지만 지나치게 전통을 존중하는 사상이 중국을 더 이상 혁신적이지 못하게 막았다고 생각합니다."

"농업혁명, 1차 2차 산업혁명, 정보혁명과 같은 창조적인 혁명을 백인들이 이끌어 온 것도 가치관의 영향이고 그 결과 백인들이 경제적으로 여유 있게 되었다는 거죠?"

은혜는 흥미진진하다는 듯 질문을 해 가며 내 이야기를 경청하였다.

우리는 호텔 식당에서 시원한 에어컨 바람을 쐬고 뜨거운 커피를 마시면서 이런저런 이야기를 하며 시간을 보내다가 상영시간이 임박하자 극장으로 갔다.

영화 관람 후 밖으로 나오니 여름밤이라고는 해도 여느 때보다 더 더웠다. 윤수네는 갈월동이었다. 택시로 은혜를 바래다주면서 다음 일요일에는 인천의 송도해수욕장에서 배를 타기로 약속했다. 우린 이미 결혼하기로 작정한 사람처럼 행동하고 있었다.

은혜와의 데이트 때문에 토요일에 저녁 예배를 드렸다. 일요일 오전 열시에 우리는 약속한 대로 서울역에서 만나 기차를 탔고, 인천의 송도유원지로 갔다.

송도유원지는 한쪽은 해수욕장이고 다른 한 쪽은 뱃놀이하는 곳이었다. 바다이지만 바닷물을 연못처럼 가두어 둔 곳이어서 파도가 전혀 없는 곳이다. 그래서 그런지 이인승 작은 보트를 타고 있는 사람들 중에는 구명조끼를 입은 사람이 없었다.

은혜가 말했다.

"저 수영할 줄 모르는데요."

난 여기서 또 잘난 척을 했다.

"난 수영을 무척 잘해요. 아주 어려서부터 동네에 있는 강물에서 수영을 했거든요. 사람을 두 번이나 구했어요. 동생 육준이가 물에 빠졌을 때도 그랬고 친구들하고 물놀이 가서도 물에 빠져 허우적대는 친구를 구해줬죠. 걱정하지 않아도 돼요."

"그래도 구명조끼가 있으면 좋겠어요."

보트 안에는 구명조끼가 없었고 사무실에 서너 개 있었으나 달라고 하는 사람에게만 주었다. 나는 관리하는 사람에게 부탁하여 구명조끼 하나를 구해서 은혜에게 입혔다.

우리는 이인승 작은 보트를 타고 노를 각자 하나씩 들고 서서히 저었다. 바다와 하나가 되어 노래도 부르며 시원한 바닷바람에 사랑을 키워갔다. 은혜가 구명조끼를 입어서인지 마음이 더 편안했다. 에델바이스, 아 목동아, 내 고향 남쪽 바다, 모닥불, 봄이 오면 등 좋아 하는 곡이 서로 비슷해서 노래가 더 흥이 났다. '그 집 앞'도 불렀다. 나는 '사랑이 메아리칠 때'라는 노래도 생각났으나 부르지 않았다.

뱃놀이를 마친 후 저녁 식사를 하고 커피를 마시면서 내가 물었다.

"한 여성이 선택할 수 있는 결혼 대상자가 A, B, C 이렇게 세 명이 있다고 쳐요. A는 거부의 아들이고, B는 용모가 뛰어난 건장한 미남이고, C는 왕자, 요즘 같으면 엄청난 명문가문의 아들이라고 합시다. 은혜라면 A, B, C 중에서 누구를 선택하겠어요?"

"글쎄요. 그것만 알고서는 결정할 수 없겠는데요. 어쩜 그 세 가지 조건은 결혼 대상자의 조건으로서는 오히려 나쁜 조건이라고 생각해요."

은혜는 곧바로 대답했으나 나는 그렇게 생각한 이유가 궁금했다.

"경제력, 뛰어난 용모, 귀한 신분, 이런 모든 조건을 다 갖추고 있어야 하는데 어느 한 가지만 갖추고 있어서 부족하다는 말인가요?"

"아뇨, 그런 뜻이 아니고요."

은혜는 나를 힐끗 쳐다본 후에 천천히 말을 이었다.

꿈엔들 잊히리야

"돈, 용모, 권력은 결혼에는 중요하지 않은 조건들이라는 뜻이에요. 가정이 행복하려면 부부가 알콩달콩 사이좋게 지내는 게 제일인데, 부자, 미남, 왕자 같은 분들은 오히려 더 많이 외도하고 가정에 충실하지 못하다는 이야기를 많이 들었어요. 사실 그렇게 좋은 조건의 사람들이 한 여자에 만족하고 살겠어요? 돈이나 외모가 아무리 좋다고 해도 그런 것들은 오히려 가정생활에는 독이 될 수 있어요. 그런 것들은 특별히 부족하지만 않으면 충분하다고 생각해요."

"그럼 은혜는 결혼상대로 어떤 사람이 좋아요?"

"저에게도 암컷 동물들이 가진 수컷 선택의 유전인자가 흐르고 있나 봐요. 그래서인지 어린 소녀시절에는 키가 크고 강해 보이는 남자를 좋아했어요."

약사이어서 그런지 그녀는 '암컷 수컷' 같은 예민한(?) 용어를 평이하게 사용하였다. 은혜는 잠시 말을 멈추고 내 반응을 보는 듯했다. 그리고 이어 말했다.

"제가 부족한데 무슨 특별한 조건이 있겠어요? 부족한 저를 이해해 주고 제 마음을 편하게 해 주는 분이면 충분해요. 오빠처럼 지혜로우면 금상첨화이고요."

"제가 은혜 님의 마음을 편하게 해드리겠습니다. 하지만 지혜롭다는 말은 듣기 곤혹스럽습니다."

나는 손을 절레절레 흔들며 지나친 칭찬에 난처해하는 시늉을 했다.

은혜는 잠시 생각하다가 성경의 말을 인용하여 말을 이었다.

"하나님이 솔로몬에게 '너에게 무엇을 줄꼬?' 하고 물었을 때 지혜를 달라했죠. 그러자 하나님이 '장수(長壽)도 아니고 부귀도 아니고 원수 갚음도 아니며 지혜를 구하였으니 부귀와 영광도 함께 주리라.' 했어요. 지혜로운 사람이 제일이지요."

수컷 선택의 동물적 유전인자? 사실 나처럼 키가 작은 남자를 좋아하는 여자는 드물었다. 그러나 친구 녀석들을 보면 키 큰 친구들보다 작은 친구들이 자기가 할 일에 더 충실한 경우가 더 많았다. 고등학교 때 키가 크고 힘세 보이는 애들이 공부 잘하는 경우는 매우 예외적이었다. 고3 때 우리 반 68명 중 10등 안에 든 학생은 모두 반에서 앞 번호의 친구들이었고 그 중에 단 한 명만이 키가 컸었다.

은혜에게 지혜로워 보였지만 키가 작은 나로서는 확인해야 했다.

"좋아 하는 남성 스타일이 바뀌게 된 어떤 계기라도 있었나요? 한 번 가졌던 생각이나 가치관을 바꾸는 게 매우 어려울 텐데요."

"어렵겠죠. 그렇게 생각을 바꾸기까지 10년도 더 걸린 것 같아요. 사실 결혼하면서 서로 진실로 사랑하는 것, 그것 이외의 다른 조건을 따지는 것은 질색이에요."

"물론 사랑이 절대적이죠. 남자들도 조건을 따지는 경우가 있지만 사랑이 없다면 아무 것도 쓸모가 없죠. 다만 사랑은 진실한 것일지라도 변할 수 있거든요. 없다가도 생기고 있다가도 없어지는……"

"……."

은혜는 잠시 말없이 찻잔에 반쯤 남아 있는 커피를 모두 마셨다. 그러나 커피 맛을 음미하는 듯, 고개를 끄덕이더니 말을 이었다.

"상대의 조건보다 저의 조건에 더 신경 써야죠. 저희 어머니는 '은혜야, 너 타협하고 이해하는 방법을 모르면 아예 결혼은 생각도 하지마라.'라고 말씀하세요."

우린 서로 마주보며 웃어버렸고 나는 더 이상 질문하지 않았다.

그 후에도 여러 번 데이트를 했고 서로 결혼 절차는 당연한 다음 코스라고 생각했다. 데이트는 그저 좀 더 친밀해지기 위한 시간들이었다.

하루는 은혜가 운동 이야기를 꺼냈다.

"윤수 오빠 말로는 친구들이 모두 탁구를 좋아 한다면서요."

"응, 중고등학교 다닐 때 탁구장에 자주 갔지. 탁구장 사용료는 항상 윤수가 다 내 주었어. 그때 선후배를 많이 만났는데 선배도 후배도 탁구 치는 동안은 누구나 친구지. 이기고 지고 간에 그게 좋은 추억이 되더라고."

"윤수 오빠 나빴다. 친구들의 탁구장비용은 모두 다 내주면서 친동생은 안 가르쳐 주고……."

"아, 아직 안 배웠어요? 탁구는 세밀한 기술이 필요한 운동이라 어릴 때 배울수록 더 빨리 배워요. 초등학생일 때 반년만 배우면 평생을 탁구 잘 치는 사람이 되거든요."

"저도 탁구 배우고 싶어요."

은혜가 간절한 눈빛을 하고 장난스럽게 애걸하듯 두 손을 모으며 말했다.

"좋아요. 가르쳐 줄게요. 탁구 배우면서 윤수 신세 많이 졌는데, 중1 때부터 고등학교 졸업할 때까지 짜장면을 아마 백 그릇도 더 얻어먹었을 거예요. 그 신세를 동생에게 갚죠, 뭐. 그럼 일요일마다 탁구 칠까?"

허락이 떨어지자, 은혜는 신이 난 듯 종달새처럼 종알거렸다.

"운동효과가 좋은가 봐요. 제 친구 하나는 탁구 배우고 나서 아주 날씬해졌어요. 짜장면 신세 갚으려면 매일같이 탁구 가르쳐주어야 하겠네요."

은혜는 내 얼굴을 미소로 바라보면서 이어 말했다.

"라켓을 오빠한테서 선물로 받고 싶은데 사줄 거죠?"

짧은 기간 동안의 만남에 조금이라도 더 빨리 친해지고 싶은 은혜의 마음을 온몸으로 느낄 수 있었다.

"라켓? 걱정 안 해도 돼. 은혜하고라면 매일같이 탁구치고 싶지만 요즘 너무 바빠서 그렇지. 좀 늦은 시간이라도 좋다면 이틀에 한 번, 어때?"

나는 차츰 존댓말을 줄여가고 있었다.

나와 은혜는 주말은 물론 평일에도 만나기 시작했다. 은혜가 퇴근하고 충무로1가에서 출발하면 을지로 입구에 있는 나의 직장까지 천천히 걸어도 약 십오 분 정도 걸린다. 같이 저녁식사를 한 후에 우리 직장의 복지시설에서 탁구를 쳤다.

꿈엔들 잊힌리야

10

의리의
노래

어느 날 은혜가 물었다.

"두 분 오빠는 어떻게 해서 여동생을 소개할만큼 단짝 친구가 되었어요?"

갑작스러운 질문에 난 당혹스러웠다. 질문의 의도가 무엇인가. 아직도 그 여자를 못 잊은 거 아니냐며 묻던 윤수의 걱정 어린 표정이 떠올랐다. 눈치를 살피며 머뭇거리자 은혜가 말을 이었다.

"윤수 오빠에게 '왜 오민이 오빠를 소개해 주느냐?'고 물었지만 '그냥 사귀어 보라'고만 했어요. 그런데 지금은 정말 궁금해요."

나는 왜 자기 여동생을 나에게 소개하는지 깊이 생각해 본 적이 없었다. 그저 운명에 순응하듯 그것에 따랐을 뿐. 윤수는 내가 당시에 다른 여자를 그리워하고 있음을 잘 알고 있는 터였다. 그와 친구가 된 지난날을 회상하며 내가 말했다.

"우린 중1 때 같은 반 짝꿍이 되었지. 어느 날 윤수가 짜장면을 사주는 거야. 내 평생 처음 먹어 본 외식이었어. 얼마나 맛있고 고맙던지."

"짜장면 사준 것 때문에 저와 결혼하려는 거예요?"

"너무 서두르지 마. 윤수와 나는 중고등학교 육 년을 같이 다녔고, 지금은 20년이 넘는 오랜 친구야. 그보다 절친할 수 없지. 친구 중에서도 특별히 윤수를 좋아하는 게 짜장면 때문일 리가 없잖아. 애도 아니고. 내가 윤수를 좋아하는 이유는 윤수가 충직하고 의리 있는 친구이기 때문이야."

"의리 있는 친구라고요?"

"사람은 가까워질수록 도덕이나 예의범절을 잘 지켜야 한다고 생각해. 사람을 사귀어 보면 솔직, 경청, 나눔 그리고 사랑을 어떻게 표현하는가와 같은 그 사람의 개인적 특성이 나타나지. 모두 다 중요한 개성이지만 나는 그 중에서 의리, 충직한 성품을 가장 가치 있게 생각하고 있어."

"충직과 의리는 비슷한 말이고 배신의 반대말이죠? 배신하는 사람, 저도 그런 사람은 정말 싫어요. 의리 있는 사람은 자기에게 유익함이 있다고 해도 그 사람에게 해가 될 일을 안 하는 사람이잖아요. 심지어는 목숨을 걸고서 까지 약속을 지키는 사람이죠."

"스위스는 지금 가장 잘 사는 나라이잖아. 일인당 국민소득이 세계에서 제일 많은 나라야. 그 스위스가 자랑 삼는 것이 의리이고 충직한 민족성이거든. 지하자원도 빈약하고 국토도 대부분이 산악지대여서 살기 열악한 환경이야. 그래서 남자들이 일찍부터 잘 사는 나라의 용병으로 팔려갔어."

"우리나라에서 독일로 간 간호사와 광부들이 그러는 것처럼 스위스도 용병으로 번 돈으로 가족을 부양했다는 말이죠?"

"그렇지, 가난을 이기려면 누군가의 희생적인 헌신이 필요하지 않겠어."

난 잠시 쉬었다가 이야기를 계속했다.

"1789년 프랑스 시민혁명 때의 이야기예요. 시민들이 무기를 탈취하여 왕궁으로 쳐들어가면서 그 때 부른 노래에 '시민들이여 무기를 들어라.'라는 가사가 나와. 나중에 프랑스 국가(國歌)가 되었어요. 시민들이 무기를 들고 쳐들어가자, 왕궁을 지키던 군인과 외국의 용병들이 모두 다 도망쳐버렸어. 오직 스위스에서 온 용병 4만여 명만이 도망가지 않고 끝까지 싸우다가 모두 전사했어. 스위스는 기념탑을 세워 지금도 전몰한 그들을 추모하고 있거든.”

“스위스가 자랑할만하네요. 바티칸시티도 근위병으로 오직 스위스 용병만을 고집한다고 들었어요.”

나는 경영학 시간에 배운 이야기를 해 주었다.

“일본도 충직문화가 강한 나라 중의 하나이지. 사무라이 정신이라고 해서 나라를 위한, 회사를 위한 그리고 친구를 위한 충직성이 강한 민족이야. 1945년에 일본이 항복한 후 약 30년이 지난 후에 괌섬에서 요꼬이라는 일본 군인이 나타나 돌아 온 일이 있었어. 그 군인은 ‘살아 돌아와 부끄럽습니다.’라는 말만 되풀이 했다는 거야. 의리를 중시하는 민족이기 때문에 일본이 제2차 세계대전에서 패배하고서도 지금은 세계 경제력 2등 국가가 된 것도 충직성 때문일 거라고 배웠어.”

“우리나라도 충직성이 강한 민족이잖아요? 사육신, 생육신 그리고 이순신 장군 같은 분들은 목숨까지 걸고 배신을 안 한 분들이죠.”

“그렇지, 우리 민족의 노래인 아리랑을 보면 조상이 얼마나 충직과 의리를 중요하게 여겼는지 알 수 있어. 그 노래의 다른 제목을 만든다면 ‘의리의 노래’라고 생각해.”

나는 은혜에게 내가 알고 있는 아리랑에 관한 다음과 같은 이야기를 해 주며 아는 척을 했다.

아리랑에서 아리는 사랑이라는 뜻이고, 아리랑의 가사를 요즘의 말로 바꾸면 '사랑하는 임, 사랑하는 임, 사랑에 아픔이 생겼군요. 사랑의 고개를 넘어가려고요? 나를 버리고 떠나간다면 곧 몸에 병이 든답니다.'

나는 의리 있는 윤수를 생각하면서 이렇게 말했다.

"그렇지만 요즘 들어 쉽게 배신하는 사람도 꽤 많아서 윤수 같은 친구가 더욱 돋보이거든."

"윤수 오빠에게 충직한 성품이 있다고요? 어떻게 알았어요?"

"고2 때였어. 윤수가 그 동안 친하게 지내던 친구들하고 '성우클럽을 만들었는데 그 회원으로 들어오라'는 거야. 모두 일곱 명, 그런데 문제가 생겼어. 그 중 두 명이 내가 들어오는 걸 반대했어."

"왜요? 두 친구가 반대하는 이유가 뭐였는데요?"

"말하려니 창피한데, 내가 잘난 척을 한다는 거였어."

"그렇죠. 친구라도 잘난 척하면 싫어하죠."

"윤 교수님 이야기로는 잘난 척하는 것은 '사랑 결핍증'이라고 하던데 앞으로 은혜가 내 병을 고쳐 주겠지?"

"성우클럽 이야기, 더 듣고 싶어요." 은혜가 밝게 웃는 얼굴로 화답했다.

"윤수가 해결해 주었어. 두 명이 나를 엄청 반대했는데 윤수가 걔들을 만나 밥도 사고 선물까지 주면서 '내가 오민이를 오 년 이상 사귀어 봤는데 그 친구는 절대 그런 사람이 아니다. 내가 책임

지고 해결하겠다.'라고 해서 성우클럽이 시작되었지. 그 후 지금
껏 그 성우클럽의 이름으로 별 탈 없이 자주 만나서 우정을 더하
고 있어."

나는 윤수에게 있었던 일을 은혜에게 이야기해 주었다.

"이런 일도 있었어. 오빠가 금년 봄에 직장을 그만두고 아버지를
도와 지금은 아버지 회사 총무부장이지만 사실상 사장 역할을 하고
있잖아. 직장을 관두려고 할 때 나에게 찾아와 상의하더라고. 그
때 오빠와 내가 나누었던 이야기야."

＊　＊　＊　＊　＊　＊

"오민아, 내가 대학 졸업하고 이 회사에 다닌 지 벌써 3년이 되
었어. 그동안 과장으로 승진하였고 일도 많이 배웠지. 그런데 아
버지가 새 회사를 또 창업하셨잖아. 새 회사를 내가 책임져야 할
것 같아."

"아버지 사업? 춘부장께서 잘하고 계시잖아?"

"그래 사업이 잘돼서 회사 하나를 더 인수하셨거든. 아버지께서
새로운 회사를 내가 맡기를 바라셔."

나는 조심스럽게 윤수가 무엇을 걱정하는지 친구의 다음 말에 귀
를 기울였다.

"회사에 사표를 내자니 죄송한 마음이야. 붙잡으면 어떡하니?"
윤수가 말했다.

"어떡하긴, 당연히 사실대로 말해야지. 그렇지만 말하기 전에 너의 마음부터 확실히 정해야 해." 내가 대답했다.

"사표내기 전에 내 마음부터 정하다니 무슨 뜻이야?"

"만일 지금 사장님이 '사표는 안 된다.'고 하시면 정말 사표 안 낼 마음을 가지고 사장님을 면담해야 한다는 뜻이야. 네가 손해를 볼지라도 의리 없는 인간은 되지 않아야 하거든. 사표를 내면서 그동안 자기에게 일자리를 주고 경험을 쌓게 해준 회사에 피해를 주며 떠나는 사람을 나는 정말 혐오한다."

"오민아, 고맙다. 꼭 그렇게 하마."

윤수는 일 년을 더 근무하고 다니던 회사의 사장과 직장 동료들의 진정한 축하를 받으면서 회사를 떠났다.

✳ ✳ ✳ ✳ ✳ ✳

내 이야기가 끝나자마자 은혜가 말했다.

"오! 두 사람의 우정이 정말 대단하네요. 오빠가 나보고 사귀어 보라고 소개할만한데요."

"난 윤수의 도움을 많이 받았어. 고등하교 삼학년 때 일이야 수학여행을 경주로 가기로 정해졌고 우리 성우클럽 회원들이 모두 같이 가기로 했어. 그런데 어머니가 수학여행비용을 안 주시는 거야. 끝내 윤수가 자기 아버지에게 거짓말까지 하며 내 비용을 내주었지. 친구이면서 은인이지.”

그 말을 듣고 은혜가 탄복했다.

“야, 윤수 오빠 참 대단하네요.”

“나는 윤수에게 이런 말을 한 일이 있어. 윤수야, 난 모교에 감사해. 무엇보다 김윤수, 너와 같은 의리의 친구를 사귈 수 있는 행운을 만났으니까.”

다시 은혜에게 말했다.

“그래서 그런지 누구나 나를 진정한 친구처럼 생각해 줄 때가 제일 좋아. 은혜도 나를 친구처럼 생각해 줄 수 있지? 물론 친구 이상으로 사랑하겠지만.”

은혜는 나의 바쁜 스케줄과 빈번한 출장에도 불구하고 계속 나를 사랑해 주었고 때로는 아이디어에 대한 안테나 역할도 해 주었다. 어느새 우리는 말하지 않아도 감정이 통하는 걸 느끼게 되었다.

어머니는 윤수의 여동생이라는 말만 듣고도 좋아하는 기색이었다. 더구나 크리스천으로서 신앙심이 깊다는 것을 알고서는 매우 환영하는 눈치셨다.

친구 윤수와 결혼에 관한 의견을 나눈 다음, 은혜와 나는 만난 지 석 달도 채 되지 않는 구월 마지막 토요일에 결혼식을 올렸다. 은혜와의 결혼이 우연이라고 보기에는 이 세상의 일들이 너무 묘하게 움직이는 것 같은 생각이 들었다.

결혼하고 신혼여행에서 돌아온 신랑신부를 장모님은 반갑게 맞이했다. 셋이 오붓하게 있을 자리를 마련한 장모님은 먼저 은혜에게 말씀하셨다.

"은혜야, 남편이 잘되고 못되고는 아내가 남편을 얼마나 인정해 주느냐에 달려 있다. 남편이 실수해도 남편이 부족하거나 잘못한 탓이 아니라 환경 탓이거나 재수가 없어 그런 것이라고 생각해야 해. 심지어 바람을 피워도 '남편이 못돼 먹어서가 아니라 능력이 있어 여자들이 유혹해서 그런 것이라고 생각해야 해. 아내가 인정해 줄 때 남편은 행복해 하고 사회적으로도 성공하고 또 아내를 더 사랑해 준단다."

그리고 사위인 나를 향하여 말씀하셨다.

"박 서방, 아내가 행복하고 불행하고는 남편이 얼마나 자주 사랑을 느끼게 해 주느냐에 달려 있네. 하루에 두 번은 사랑받고 있음을 느끼게 해 주어야 해. 아침에 밥을 먹었어도 또 점심을 먹어야 하는 것처럼 아내는 남편이 사랑하고 있다는 느낌으로 행복해진다네. 이를테면 중요한 계약서를 쓰는 순간 얼마나 바쁘겠나. 그런 때에 아내에게 전화라도 걸어주면 아내는 더욱 행복해진다네."

그리고 우리 둘을 향하여 말씀하셨다.

"'남편을 인정해 주는 아내의 도리가 먼저인가?' '아내가 사랑을 느끼도록 하는 남편의 도리가 먼저인가?' 그중에 어느 것이 먼저인가는 마치 '닭이 먼저냐 알이 먼저냐?'인 것과 같아. 하지만 항상 내가 시동을 먼저 걸겠다는 마음으로 살기를 바라네."

우리 둘은 장모님의 말씀에 고개를 숙이며 응답했다.

"예, 좋은 말씀, 명심하고 실천하며 살겠습니다."

장모님은 잠시 여백을 가진 뒤에 말씀하셨다.

"가족은 고통과 환희, 힘든 것과 쉬운 것, 미움과 예쁨처럼 상반된 것들을 몰아내지 않고 서로서로를 허용할 때 더 견고해지는 법이네."

결혼식을 올린 날은 한 가정의 생일이기도 하다. 우리 가정의 생일이고 동시에 결혼기념일인 9월의 마지막 토요일이 되면 항상 축하 이벤트로 촛불을 켜고 케이크를 자르면서 온 가족이 이런 가사의 노래를 부르면서 가족끼리의 정을 키워가고 있다.

"우리 가정 있기에 꽃이 더 아름답고, 우리 가정 있기에 세상 더 밝도다.

오늘 같이 좋은 날, 오늘 같이 기쁜 날, 우리의 결혼을 축하합니다."

은혜와 결혼할 때 전세방 하나를 얻어 분가했다. 결혼한 후 곧장 직장에서 승진하여 해야 할 일이 너무 많아지고 중요한 결정을 해야 하는 일을 맡아 자유로운 개인시간이 더 적어졌다. 부모님이나 형제들과도 만날 기회가 거의 없었다.

박정희 대통령이 이끄는 경제개발계획이 속도를 내면서 서울의 비즈니스 세계는 하루가 다르게 새로워지고 있었다. 차관(借款)은

물론 수출입이 증가하면서 국제화 현상이 여기저기 나타나기 시작하였다. 외국인 회사가 늘어나고 우리나라 기업들의 해외 진출도 늘어났다.

또한 우리나라도 현물거래뿐만 아니라 국제유가선물, 주가선물, 외환선물 등 선물거래(forwarding) 그리고 외화스왑(swap)거래를 하기 시작하면서 국제금융기관들의 영업활동이 눈에 띄게 많아졌다.

그런데 내가 맡은 선물환거래, 스왑 등 국제금융 분야의 업무는 대학교에서 미처 배우지 못했던 업무이고 모든 서류가 영어로 된 것들이었다.

당시에는 이와 같은 분야나 일에 대하여 설명한 국내서적도 없었고 실무적으로도 경험이 거의 없어 배울 만한 사람도 없었다. 그래서 원서나 해외출장을 통해서, 그리고 외국인에게서 직접 배워가며 일을 해야만 했다.

직장에서 정시퇴근이란 말뿐이고 밤 열시에 퇴근하면 빠른 편이었다. 빗물이 하수구로 빠져나가는 것처럼 시간도 빨리 빠져나갔다. 반공일인 토요일도 그저 말뿐이고 한 시까지 근무한다는 규정은 있으나마나 했고 평일처럼 밤늦도록 일을 했다.

사실 나는 일중독에라도 걸린 사람처럼 미친 듯이 일을 했고 일과 관련된 사람들만 만나고 있었다. 누가 시켜서 그러는 게 아니고 내 책임이고 배워야만 할 수 있기 때문이었다. 나만 그렇게 바쁜 것이 아니고 직원 모두가 그러했다.

더 열심히 일할수록 행운은 더 많이 오는 것 같았다. 1974년 우리나라 경제성장률이 신기록(14.8%)을 세우고 컬러텔레비전을 생산하기 시작했다. 비교적 많은 월급을 받았고 승진도 빨랐다. 1975년 결혼할 때쯤에는, 급여도 시중은행에 들어간 대학 친구들보다 적어도 다섯 배에서 많게는 열 배까지 더 많이 받은 것 같다. 가난했던 살림에 어느새 여유가 생겨 좋은 가구며 컬러텔레비전도 샀다. 명동의 최고급 양복점에서 새 양복도 맞추어 입었고 좋은 음식점에서 가족과 같이 외식도 자주 하게 되었다.

  나는 성취감에 파묻혔다. 꿈에서도 하늘을 날아다녔다. 내 두 팔은 날개보다 더 센 힘이 있어 거의 매일 밤 온 세상을 훨훨 날아다니곤 했다. 결혼한 지 일 년 만에 집도 마련하고 고급 승용차도 샀다. 대전에 계시는 아버지를 우리 집에 모시고 살았다. 어머니께 용돈도 더 많이 드리게 되었고 결혼 삼년이 지나서는 전쟁 때 불에 소실된 시골집을 쑥돌로 새롭게 건축해 드릴 수 있었다. 대학생 때까지만 해도 부자는 모두 나쁜 사람들이고 노동을 착취하거나 부당하게 남의 것을 빼앗은 사람들이라고 생각했던 내가 작은 부자가 되어가고 있었다. 꿈에도 잊힐 것 같지 않았던 정옥이에 대한 생각은 마음에서 접은 지 오래 되기도 했지만 생각할 겨를마저도 없었다.

  어느 금요일 늦은 오후에 대학에 다니는 아홉 살 아래 막둥이 동생 팔성이가 직장으로 찾아왔다. 그는 여느 때와 같이 을지로 입구, 나의 직장이 있는 건물의 지하 다방에 와서 공중전화를 걸었다.

"형, 나 팔성이야. 지금 바빠? 여기 지하다방이야."

난 급히 내려가 커피를 같이 마시며 집안 안부를 물었다.

"형이 결혼하기 전에 우리와 같이 살았잖아. 그때는 형 주머니에서 가끔 용돈을 몰래 꺼내 썼는데 지금은 형이 없으니 이렇게 올 수밖에…… ."

녀석은 그렇게 말해 놓고 겸연쩍었던지 이를 드러내며 웃어 보였다. 그러다 녀석은 머리를 긁적이며 말했다. 난 우스워하지도 화를 내지도 않았다. 그렇게 말하는 녀석의 얼굴을 쓰다듬어 주고 싶다는 생각이 들었을 뿐이다.

"그런데 형, 형은 지갑에서 돈 없어지는 것 알고 있었어? 한 번도 말하지 않더라고."

"미안하다. 너희들을 버리고 나온 것만 같구나."

동생은 요즘 주말마다 고향에 간다고 했다.

"어머니께서는 별일 없으시지?"

"형은 언제 오느냐고 궁금해 하시던데? 언제쯤 고향에 갈 거야?"

"너무 일이 많아. 바빠서 시간 내기가 어려워. 당분간은 못갈 것 같아. 추석에나 뵙겠다고 말씀 드려."

고향 이야기를 하자 정옥이가 떠올랐다.

"내일 또 고향에 내려가니?"

"응, 오늘 밤 야간열차로 내려가려고 해."

"그래? 난 대학생 때도 고향에 거의 못 갔었다. 가정교사 하느라 고향에 있을 시간도 없었고. 방학 때 잠깐 들렀을 뿐이었지, 음,

꿈엔들 잊힐리아

난 너 같이 돈 많이 버는 형이 없었잖아?"

우린 서로 웃고 말았다. 사실 애스터에 관한 소식이 궁금했으나 물어보지 않았다.

"너 고향에 숨겨둔 꿀단지라도 있니? 요즘 주말마다 간다고 하니 수상하다."

"꿀단지? 흠, 아직 한 번도 꿀맛을 본 일이 없어서. 진짜 꿀은 고향 같은 시골에나 있지 서울에는 없는 거 같아."

그는 한껏 들 뜬 표정으로 이해하기 어려운 말을 이어 갔다.

"내가 서울에만 있으면 꿀단지를 발견한 누군가가 다 먹어버리고 내 몫은 하나도 남아 있지 않을 게 분명하거든."

꿀단지 찾으러 고향에 자주 간다는 동생이 나에게 찾아온 이유는 무엇보다도 용돈이 필요해서라고 생각되었다. 용돈을 좀 넉넉히 챙겨주고 물론 어머니께 전할 용돈도 따로 챙겨주었다. 동생은 고맙다는 말 대신 빙긋이 웃으며 야간열차를 타기 위해 서울역으로 갔다.

결혼한 지 2년이 지난 늦봄에 첫아들을 얻었다. 나보다 세 살 위인 변호사 큰형은 줄줄이 딸만 둘을 낳아서 이번에 얻은 아들이 우리 집안의 손자로는 첫 번째가 되었다.

자랑하기를 좋아하는 어머니는 우리 집안에 손자가 태어났다며 잔치를 벌였다. 아이가 출생한 지 이레가 되는 날 일가친척이며 이웃들을 집에 초청했고, 돼지 두 마리를 잡아 대접했다.

농사일이 한창 바쁜 철이라 들에서 일하느라 잔치하는 우리 집에 오지 못한 이웃들에게는 경운기로 음식을 실어 날랐다. 시골의 논두렁은 새마을운동을 하면서 '딸딸이'라고 부르는 경운기가 다닐 수 있도록 넓어져 있었다. 떡과 고기 그리고 막걸리에 나물과 방금 담근 겉절이까지 우리 동네는 말할 것 없고 멀리 이웃 동네의 논밭까지 일일이 찾아다니며 푸짐하게 돌렸다.

어머니가 경운기로 막걸리와 안주 등 새참을 돌리며 득남잔치를 벌이던 그 날은 일요일이기도 했고 아내는 아직 산후조리를 하던 중이어서 나는 출근하지 않고 산후조리 중인 아내를 보러 명동에 있는 성모병원에 들렀다가 집에 일찍 돌아와 오랜만에 낮잠을 잤다.

얼마만의 낮잠인지……. 참으로 달콤했다.

나는 강둑에서 애스터를 만났다.

"오민 오빠!"

그녀는 나를 보자마자 기쁜 나머지 껑충껑충 뛰어왔다.

"애스터!"

나도 환희에 차 달려가 손을 맞잡으며 팔짝팔짝 뛰었다.

"여기 한복 한 벌 준비했어."

그녀에게 한복이 든 상자를 선물했다. 그녀는 기쁜 듯 그 자리에서 당장 옷을 꺼내 입었다. 고운 한복은 애스터와 너무도 잘 어울렸고 그 모습은 기품이 넘쳤다.

"저도 드릴 게 있어요."

그녀도 나에게 작은 상자 하나를 선물했다. 선물상자를 받아 열어보니 구두였다. 상자를 내려놓고 그녀의 손을 잡으려 했으나 구두를 신고 따라 오라는 듯, 그녀는 한 복의 치맛자락과 옷고름을 휘날리면서 강둑을 따라 사뿐사뿐 걸어가듯 날아가듯 하더니 멀어졌다.

그 때 갑자기 동생 팔성이가 나타나서 선물 상자를 열어보고 그 구두를 신으려고 했다. 그러나 신발이 발에 맞지 않자 상자에 도로 넣더니 상자를 들고 어디론가 가버린다. 고개를 돌려보니 애스터의 형체가 점점 희미해져 갔다.

"애스터, 애스터!"

사라져 가는 방향을 따라 그녀를 부르며 따라 가다가 잠에서 깨어났다. 그녀가 곧 시집갈 것 같은 직감이 들었다.

＊　＊　＊　＊　＊　＊

그로부터 30년 정도 지나서 정옥이 소식을 들었다. 내가 결혼한 후 2년이 지나 스물아홉 나이에 청주로 시집갔다고 했다.

고향에 있는 정옥의 집은 폐허가 되어 버렸다. 부모님이 모두 돌아가시고 남매들도 가정을 꾸려 각처로 흩어져 살게 되니 고향집을 건사하는 이가 없기 때문이었다.

세월이 흘러 정옥이와 데이트한 지 47년이 되었을 때, 우연히 그녀의 소식을 다시 들었고 연락처도 알게 되었다.

나는 오랜 동안 연락 한 번 하지 못해 염치없는 일이라고 생각했다. 그러나 그녀의 목소리가 너무도 듣고 싶었다. 그래서 망설이다가 전화를 걸었다. 전화를 받은 것은 과꽃 애스터였다.

"여보세요."

"김. 정. 옥. 님? 이신가요? 저……, 박. 오. 민."

"……, 왜 전화하셨어요?"

떨리는 목소리였다. 그렇게나 많은 세월이 흘렀는데도 정옥이의 목소리는 너무나 청아했다. 그 때의 목소리와 별반 차이가 나지 않는 소녀와 같은 맑고 여린 목소리.

"어, 고향에 왔다가……. 음, 애스터도 생각나고……. 선물도 드리고 싶어서요."

이 말을 하는 순간 나는 꿀꺽 마른 침을 삼켰다. 목이 메어서였다. 나도 모르게 눈물이 주르륵 두 뺨을 적시고 있었다.

그녀는 한참이나 말이 없었다. 그러다가.

"그래요? 하지만 곤란해요. 저는 잘 살고 있어요."

매우 차분한 목소리였다. 원망도 실망도 이미 다 사라진 과거의 것이라는 듯 담담한 목소리. 이미 그녀는 예전의 애스터가 아니었다.

나는 할 말을 잃고 멍하니 전화기만 들고 있었다. 정옥에겐 내 숨소리만이 들렸을 것이다. 한참을 지났을 때 정옥의 맑은 목소리가 다시 들려왔다.

"고마워요. 그렇지만……. 앞으론 전화하지 않으면 좋겠어요."

짧은 통화였지만 그녀가 현재를 충실하게 살아가는 '좋은 아내가 되었구나.'라는 생각이 들었다. 만나기라도 한다면, 아니 전화라도 자유롭게 걸 수 있다면 이런 말을 하고 싶었다.

'말 한 마디 하지 못하고 떠나버린 것, 정말 죄송합니다. 진정으로 사랑했었다는 말 하고 싶었습니다.'

그러나 난 더 이상 아무 말도 하지 못하고 수화기를 내려놓았다.

＊　＊　＊　＊　＊　＊

메마른 강

"넓은 벌 동쪽 끝으로 옛이야기 지줄대는 실개천이 휘돌아 나가고······."

일요일 아침 아내와 교회 갈 준비를 하고 있을 때 휴대전화가 내가 컬러링으로 설정해 둔 정지용의 향수를 노래했다.

사십 대 초반에 교수가 되고 65 세에 정년퇴임을 한 후로도 7년이 지난 때였다. 주로 가정에 머무는 내게 전화 오는 경우는 거의 없었다. 더욱이 일요일 아침에 오는 전화는 거의 없는 터였다. 이상한 예감에 누군가 하고 보니 발신자가 '막둥이'로 되어 있었다. 막냇동생 팔성이의 전화였다.

"팔성이니? 무슨 일이야."

"오민이 형, 우리 집에 좀 와줄 수 있겠어?"

"너의 집에? 그, 그러마."

전화를 끊고서 나는 한 동안 멍하니 앉아 있었다. 충격이라기보다 당혹스러웠다. 그러고 보니 난 동생이 9년 전에 이사하여 살고 있는 집의 위치마저도 몰랐다.

병마와 싸우느라 파리해진 막둥이의 얼굴이 떠오르며 문득 옛 생각이 파노라마처럼 뇌리를 스쳤다. 음식점이나 커피숍에서 만나면 막내답게 가끔 애교스런 익살을 부리던 막둥이가 떠올랐다. 우리 집에서도 형수와 조카들에게 천연덕스럽게 굴던 녀석이었다. 팔성이가 몇 차례 암수술을 할 때 내가 병원으로 문병을 가서 만나긴 했어도 내가 녀석의 집에 가본 지는 9년이 넘었다.

암으로 투병한 지 10년이 넘은 동생에게 3개월 정도의 시한부 의

사소견이 나왔다. 사형선고나 다름없었다. 달포 전에 음식점에서 팔성이는 그 사실을 담담하게 전했었다.

막둥이 동생의 생일은 양력으로는 12월 22일 일요일이었다. 4남 1녀 중 장남인 큰형은 변호사 사무실이 대전에 있기도 하지만 연락 책임을 맡은 육준이가 알리지 않아 참석하지 못하였고 생일 축하 자리에는 우리 내외, 바로 내 밑의 동생 육준이, 그 밑의 여동생 칠자 내외 그리고 생일을 맞는 막둥이와 최서희라는 막둥이의 여자 친구 한 명, 모두 일곱 명이 참석했다.

생일축하 자리에 나타난 팔성은 빠진 머리를 감추려는 듯 모자를 썼지만 오른 쪽 옆구리에 달린 애호박만한 암세포 혹덩이는 굳이 숨기지 않았다. 깎은 지 오래되어 제법 긴 수염이 야윈 얼굴을 더 초췌해 보이게 했다.

어렸을 적에는 반말을 일삼던 팔성이가 성인이 되면서부터는 존댓말을 많이 섞어가면서 말하였다. 어색하게도 기분이 나쁘지는 않았다. 막둥이가 여자 친구를 소개했다.

"제 친구를 소개합니다. 최서희라고 해요. 저보다 십오 년 가까이 젊은 나이이지만 서희는 친구와 같습니다. 십여 년 동안 제 간병을 해 주고 있습니다."

사실 우린 최서희와 처음 인사하는 게 아니었다. 병원에 문병 갔을 때마다 최서희가 막둥이를 간병하고 있었고 결혼도 안한 사이지만 마치 아내처럼 동생을 돌봐주어 고마운 생각에 깍듯이 제수씨와 같은 예우를 갖추어 왔다.

"감사합니다. 저희들이 해야 할 어려운 일을 오랫동안 해 주시다니 정말 고맙습니다."

그날 나온 사람 모두 두꺼운 옷을 입은 모습이 깊어가는 겨울의 매서운 추위를 실감케 했다. 우선 내가 동생의 건강을 걱정하며 물었다.

"요즘 추위에 어떻게 지내니? 건강은 좀 좋아졌어?"

막둥이는 가벼운 미소를 띠며 조용한 목소리로 말했다.

"통증이 심해져서 잠을 잘 수가 없어요. 불면증이 암보다 더 힘들어요."

"병원에서는 어떻게 하라고 해?"

"마약진통제를 처방받은 지가 벌써 3년도 넘어요. 처음에는 조금씩만 먹어도 효과가 좋아서 잠을 잘 수 있었는데 요즘은 용량을 더 늘려야만 해요. 담당의사는 내년 2월 말을 넘기기 어렵다고 하네요."

동생은 자기가 2개월도 더 못 살 것이라는 의사의 시한부 소견을 말하면서도 남의 이야기하듯 담담해 보였다.

그런 줄도 모르고 그가 그 음식점에서 일인분에 십오만 원도 넘는 고급 한정식을 고집스럽게 주문했을 때 난 막둥이를 타박했다.

"너무 낭비하는 것 아니냐? 생일 축하하는 자리이니까 약간 좋은 것으로 하되 너무 지나치게는 하지 말자."

그런 반대에도 불구하고 이날따라 팔성이는 강경했다.

"오늘 이 자리는 제가 형님들을 대접하고 싶은 마음에 마련한 겁

니다. 그 동안 형님들께 폐만 끼쳐드려 죄송했습니다. 감사의 마음
으로 제가 대접하려고 합니다.”

그 동안 형제들이 모여 식사하는 자리에서 막내인 팔성이가 음식
값을 낸 기억은 없었다.

“오늘은 팔성이, 너의 생일이잖아. 당연히 주인공이 축하를 받아
야지. 형이 축하의 마음을 표하고 싶다.”

난 아내가 직접 포장한 선물상자를 꺼내 팔성이에게 내밀었다.
그러면서 마지막 선물일지도 모른다는 생각이 들었고 아까 팔성이
에게 지나치게 면박을 준 것 같아서 후회가 됐다.

다른 형제들도 가지고 온 생일 선물을 꺼내어 팔성이 앞에 내 놓
으며 이구동성으로 말했다.

“생일 축하해.”

“형님들, 오늘은 저의 마음을 받아 주십시오. 동생이 형보다 더
먼저 간다는 말을 하게 되어 죄송합니다만 저의 마지막 생일이 될
듯싶습니다.”

모두들 팔성이의 눈에 눈물이 맺힌 것을 보았던지 갑자기 숨소리
도 들을 수 있을 만큼 고요해졌고 아무도 더 이상 말을 이을 수가
없었다.

그는 가라앉은 분위기를 띄우려고 애써 웃음 섞인 목소리로 농담
을 했다.

“사실 먼저 죽는 사람이 형 아닙니까? 이제는 제가 장형입니다.”

팔성이의 농담에 모두들 활짝 펴지지 않는 억지 웃음소리를 내

었다.

이런 일이 있은 지 겨우 한 달 남짓 지났을 뿐인데 팔성이가 자기 집으로 와 달라고 전화를 해온 것이다. 하루하루를 마약진통제로 버티며 살아가고 있는 팔성이었다.

구년 전 남산에 있는 아파트로 이사 간 후로 투병 생활하는 모습을 보여 주기 싫다며 자기 집이 어디인지조차 알려 주지 않았던 팔성이…….

아홉 살 차이인 팔성이는 내게 있어 늘 어린 아이로 또 보호대상으로만 여겨졌었다.

팔성이는 초등학교에 들어가기 전부터 영화보기를 좋아했다. 표를 구할 능력도 안되는 어린 것이 용케 영화를 보고 오곤 했다. 팔성이가 겨우 한글을 서툴게 쓸 줄 알기 시작한 초등학교 일학년 때의 일이다.

"팔성아, 너 하루 종일 어디 갔다 왔니?" 누나 칠자가 물었다.

"영화 구경하고 왔어."

"너 돈이 어디서 생겨서 극장에 들어가? 혹시 돈을 훔쳤니?"

"아니야, 극장 입구에서 표 받는 한 선생 있잖아. 그 한 선생이 나를 보기만 하면 바로 입장시켜 줘, 낮에는 빈자리가 많거든."

어느 날 그는 어린 손에 작은 쪽지를 들고 있었다. 형인 육준이가 우연히 그 쪽지를 보았더니 서툰 글씨체로 이렇게 쓰여 있었다고 했다.

[이 아이를 부닥. 한 선생]

'부탁'을 '부닥'으로 잘 못 쓴 메모를 한 선생이 썼을 리가 없었다. 더구나 삐뚤삐뚤한 글씨체는 영락없는 팔성이의 필체였다. 웃음이 저절로 나왔다. 그가 극장에 갔으나 그날따라 한 선생이 결근했고, 영화는 보고 싶고 한 선생은 안 보이고 해서 나름 꾀를 낸 것이었다. 이 이야기를 전해들은 어머니는 팔성이에게 자주 극장표 값을 주었다.

나는 그가 6학년일 때 수학을 잠시 가르쳐 주었다. 그 후로 성적이 올라 공부에 취미를 붙이게 되었나 보다. 중학교를 거쳐 고등학교에서도 상위권을 놓치지 않았다. 그러던 팔성이였지만 웬일인지 대학은 팔성이에게 쉽게 그 문을 열어주지 않았다. 우리는 팔성이의 실력보다도 운을 의심했고 어머니는 기도원 문이 닳도록 드나드시며 팔성이의 합격을 기도하셨다. 학벌을 중시하시던 어머니 때문에 우리 집에서는 대학은 필수 코스였으나 중도에 포기할 줄 알았던 팔성이가 대학에 합격하자 우리 형제들은 칠전팔기의 근성에 박수를 보냈다. 팔성이가 대학을 갔을 때도 그랬지만 교수님 소리를 듣게 되자 어머니는 그 누구보다도 기뻐하셨다.

막둥이라 어머니의 애정을 듬뿍 받은 때문이었을까? 팔성이는 인생의 탄탄대로를 걷고 있으면서도 결혼을 하려 하지 않았다. 아버지가 돌아가셨을 때 혼자가 되신 어머니를 형제들은 아내의 눈치 보느라 섣불리 모실 생각을 못하고 있었는데 팔성이가 자진해서 모시겠다고 했다. 우리는 팔성이에게 고마웠고 미안했다. 하지만 그뿐, 무거운 짐을 짐꾼에게 맡긴 후 애써 돌아보지 않았다. 짐꾼에게 그 무게가 감당할 만한지, 짐꾼이 땀을 얼마나 흘리고 있는지 그 힘듦에 대해서.

요즘 막둥이는 여자 친구가 간병해주는 것으로 알고 있는데……. 대체 무슨 일일까? 평소에는 연락도 없이 지내던 나를 찾아서, 집에 와 달라고 하다니? 무언가 불길한 예감이 들었다.

마음에 커다란 무거움을 안고 동생이 알려준 주소지로 내비게이션의 도움을 받아가며 찾아 갔다. 남산의 숲이 내다보이는 아파트, 초인종을 누르자 간병을 해주는 최서희가 나와 현관문을 열어 주었다. 동생도 곧 바로 현관으로 나와 미소로 나를 반겼다. 매우 야위었고 허리에는 애호박만 혹덩이가 눈에 거슬렸다. 내 허리에 혹이 돋치기라도 한 듯 가슴 한 켠이 저렸다.

"형님, 점심 안 하셨죠? 제가 오신다는 말 듣고 신라호텔에 예약해 놨습니다."

팔성이의 목소리나 움직임에는 생기가 있었다. 몇 달 안에 죽을 사람으로 보이지 않았다.

최서희도 합류하여 호텔의 일식집에서 점심을 먹었다.

"형님, 앞으로 제가 죽을 때까지 시간 나는 대로 오셔서 제가 편안한 마음으로 생을 마무리할 수 있도록 도와주셨음 합니다."

팔성이는 식사하던 것을 멈추고 진지한 낯빛으로 조용히 읊조리듯 말했다.

"편안한 마음? 그건 자기가 하고 싶은 대로 하며 사는 것인데? 다른 사람 간섭 안 받으면 편안한 것 아닌가?"

나는 간단히 편안한 마음을 정의한 것이 미안했다. 죽음을 앞두고 있는 팔성이 앞에서 고약한 버릇인 아는 척이 튀어나온 것이었다.

"그래 네 맘대로 하고 살도록 도와주마. 네가 혹 잘못한다고 해도 그것까지 네가 하고 싶은 데로 할 수 있도록 도와주마."

나는 잠시 후 숨을 돌리고 나서 그 동안 와보지 못한 미안한 마음을 건넸다.

"정년퇴직을 해서 시간이 많은 데도 한 번도 오지 못해 미안하구나."

"그건 제가 집을 알려드리지 않기 때문이죠."

그러나 한편으로는 아무리 죽음을 앞두었다 해도 동생이 하고 있는 처사가 마음에 들지 않았다.

"그런데 이런 고급 호텔에서 식사하면 밥이 잘 넘어가지 않는다. 나는 원래 촌놈 출신이잖아. 나를 고급분위기로 기죽일 생각이냐?"

나는 짐짓 꾸짖는 투로 말하였지만 팔성이는 싱글벙글이었다.

"제가 대학생 때 형님 지갑에서 용돈 훔친 것 그리고 직장으로 찾아가 용돈 타서 쓴 것을 어찌 다 갚을 수 있겠습니까? 현찰로 갚는다는 것도 그렇고 그저 맛있는 식사로 대신할까 합니다. 늦었지만 조금이라도 그 빚을 갚을 때가 된 것 같습니다."

"네가 가져간 것을 그 때 알고 있었지. 모른 척할 때 이미 다 용서한 것이다. 사실 칠자만 한 번 나무란 일이 있었다. 용돈을 넉넉히 주지 못한 내가 잘못이지."

어느 정도 식사를 마친 팔성이는 어머니가 계셨던 서울 집 이야기를 했다. 큰형과 나는 어머니가 서울에 고속버스로 오시면 찾기 편하도록 고속버스터미널 가까이 주공아파트를 사드렸다. 당시는 값이 매우 저렴하였으나 몇 년 후 가격이 폭등했다. 물론 어머니는 소유주 이름을 가장 어린 막둥이 이름으로 등기하셨다.

"제가 살고 있는 아파트는 어머니 서울 집을 팔아서 산 것이죠. 그 집을 큰형님하고 오민이 형님이 합심하여 사드린 것으로 알고 있습니다. 그 땐 형님들이 무척 얄밉고 서운하게 느껴졌죠. 자기들은 큰 아파트에 살면서 어머니 모시기 싫어서 쪼그만 주공아파트 사드리는 불효자식들이라고……. 다 어렸을 적 생각입니다. 오히려 저는 두 분께 감사했어야 했죠. 그 아파트 가격이 급등하여 병원비용으로도 쓰고 남은 돈으로 제가 이렇게 좋은 집에 살게 되었습니다."

"그래 면목이 없다."

그 뒤로 토요일마다 동생을 보러 찾아갔다. 점심은 항상 최고급 식당에 예약이 되어 있었으나 그때마다 내가 취소하고 조촐한 식당에서 셋이 점심을 같이했다. 대신 동생은 절약한 것 이상의 금액으로 고급 빵을 듬뿍 사서 선물로 주었다.

"형, 내가 오래 살 수 없다는 건 아시죠? 의사 말로는 이달 말이래요."

팔성이는 요즘 따라 유난히 존댓말을 많이 섞어 말했다. 그리고 모든 것을 체념한 듯 담담하게 말했다. 내가 위로하듯 말했다.

"불가지론자라면서 내일의 일을 인간이 어떻게 안다고 그래? 그런 말은 하지 않는 게 좋겠다. 내가 보기에는 적어도 이삼 년은 아무 일도 없을 것 같다."

"제가 암에 걸렸다는 것을 처음 알았을 때에는 세상이 당장이라도 멈출 것만 같았어요. 그러나 지금은 '내가 죽건 살건 이 세상은 조금도 반응하지 않는다.'는 것을 당연하게 받아들이고 있어요."

그는 잠시 쉬었다가 말을 이어 갔다.

"오민이 형이 오니까 제가 생기를 되찾은 기분이 들어요. 무엇 때문인지 마음의 안정감이 옵니다."

"내가 말만 형이지 형 노릇을 못해 미안하구나."

"제가 암에 걸린 후 칠자 누님과 육준이 둘만 오갔습니다. 다른 사람들은 오지 못하도록 집이 어디 있는지조차 알려드리지 않았지요."

그는 육준이에게 당연히 붙여야할 형이라는 호칭을 붙이지 않았다. 그 이유를 물으려 했으나 팔성이가 말을 계속 이어가는 바람에 묻지 못했다.

"그런데 죽을 때가 가까워지니 형님의 도움이 필요해서 찾게 되었어요. 저는 명예퇴직을 했고 형님은 정년퇴직을 했으니……. 이제는 시간 나는 대로 와서 제 인생의 마무리 좀 도와주세요. 장례식도 맡아 주고요."

그의 나이 예순셋, 생명의 마지막이 얼마 남지 않았다는 것이 예감되자 생을 잘 마무리하고 싶어서 나를 부른 것이었다. 동생은 처음에 직장암을 앓았지만 잘도 이겨내었고 수술 후 6년이 지나자 많이 건강해졌었다. 그런데 불과 일 년 반 전에 간암에 골수암 그리고 폐까지 암이 전이된 것이다. 그 후 급성으로 악화되기 시작하여 살아갈 날이 한 달여를 남겼을 뿐인 시한부 인생을 살아가고 있었다. 다른 형제와는 사이가 나빠져 나만을 불러 인생을 마무리를 하고자 했다. 고집이 센 그는 인생의 가치관이 자기와 많이 다르다는 이유로 일주일 전부터 나 이외의 다른 형제가 집은 물론 병원 출입까지도 허용하지 않았다.

"형님, 저 죽기 전까지 남은 시간을 어떻게 보내야 할지 모르겠어요. 형님이 좀 알려 주시면 좋겠습니다. 저도 의사의 소견보다는 더 오래 살 것 같기는 하지만……, 사실 요즘 원인 모를 불안감에 내 영혼이 잠식당하는 느낌이에요."

"허허, 박사이고 교수인 분에게 도움말이라니. 어느 경우에도 충고하는 것은 어리석은 일이야. 부탁하지 않은 경우에는 좋은 충고라도 절대 해서는 안 된다. 나는 아는 척한다는 말을 자주 들어서 충고하는 것을 더욱 삼가고 조심하거든."

"형님이 도와주시길 간절히 바라요."

그는 잠시 쉬었다가 말을 이었다.

"불행 중 다행으로 폐암이라 정신활동에는 별 지장이 없어요. 사실 오랜 투병 생활을 해 오면서 '난 살고 싶다.'는 말을 자주 했습니다. 그러나 사는 시간의 길이보다 어떻게 사느냐가 더 중요한 것 같아요."

그는 죽음을 결코 황당한 일로 생각하지 않는 것 같았다.

나의 느낌으로는 그가 한두 달 안에 죽을 것 같지 않았다. 그는 아직도 혼자서 지팡이 하나로 남산을 오르내렸고 비록 양은 적게 먹지만 삼시 세끼 꼬박꼬박 식사를 하였다. 서희하고는 이삼 일씩 여행도 다녔다. 마약으로 진통을 한다고는 하지만 적어도 이삼 년은 더 살 것 같았다. 그가 고집이 센 성품이어서 말로는 도와 달라 했어도 결국은 자기 소신과 성질대로 할 것이다.

잠시 후 나는 확신에 찬 목소리로 평소 생각하고 있던 말을 팔성이에게 했다.

"백년을 살든 일 년을 살든, 오늘 하루만 산다고 해도 어떻게 살아야 하는가의 답은 똑 같아. 나는 항상 '지금 이 순간이 내 인생의 전부'라고 생각하며 살고 있어. 지금 내가 하고 있는 일, 지금 내가 만나고 있는 사람, 이 순간 내 앞에 있는 모든 것이 가장 소중한 것이지. 너와 내가 대화하고 있는 이 순간, 우리는 인생에서 가장 소중한 순간을 보내고 있는 거야."

잠시 후에 내가 차분한 목소리로 다시 말했다.

"겨울이 오고 밤이 오는 것처럼 죽음도 당연히 오는 것이잖아? 죽음이 오기 때문에 살아 있다는 것이 더욱 가치가 있고."

"그렇죠, 죽음이 있기에 삶이 더 가치가 있죠." 팔성이가 따라 말했다.

"예수님이나 다른 성현들 모두가 '기쁘게 살아라.'고 한 것은 힘들고 어려운 일에 부딪친다 해도 이 순간에 집중하고 기뻐하라는 것이야. 난 너와 내가 이야기하는 지금 이 순간이 얼마나 기쁜지 모르겠어. 하나님은 항상 현재에 계시거든." 하고 말을 이었다.

"기쁘게 사는 것 좋죠. 하지만 슬프고 외롭고 때로는 분노가 치솟는데 어떻게 그 감정을 억누르고 기뻐할 수만 있습니까?"

동생 팔성이의 고통이 느껴졌다. 마음을 추스르고 내가 말했다.

"그 감정을 억누르라는 말이 아니고 그 감정을 인정하고 받아들이고……, 그런 후에 즉시 그런 감정을 기쁨으로 승화시키라는 것이야. 승화시키기 힘들면 지금 이 순간에 집중하라는 거고."

내가 팔성이에게 한 말의 요지는 현재 이 순간의 삶에 집중하라는 것이다. 감정을 폭발시켰던 일은 이미 지나간 것이고 과거의 일이다. 이제 과거가 된 것에서 생각의 초점을 현재로 옮기고 이 순간을 기쁘게 생각하는 것이다.

나는 잠시 뜸들인 후 다시 이어서 말했다.

"누구나 죽음이 싫지. 일단 죽음을 슬퍼하고 싫어하는 감정을 인정해. 그런 후에 앞으로 남아 있는 삶의 시간, 현재 살아 있음에 집중하면 묘하게도 기쁨이 밀려올 거다."

고개를 끄덕이며 듣고 있던 팔성이가 말했다.

"이 순간에 집중하라. 어려운 일 같지만 습관으로 기르도록 노력해 볼게요."

그리고 무언가 다짐하는 듯, 이를 악무는 듯한 표정으로 그는 말했다.

"사실 심한 통증을 참기 어려워요. 전 죽을 때까지 몸은 아플지라도 심적 고통이라도 당하지 않고 살고 싶어요."

이렇게 말하는 동생 팔성이의 눈에는 소망이 가득 담겨 있었다. 나는 막둥이를 찾아가는 날이면 새벽에 이렇게 기도했다.

"하나님, 팔성이가 암과 싸우며 극심한 통증에 시달리고 있습니다. 그 고통을 잘 견디고 극복할 수 있기를 간절히 소원합니다. 한 달이건 일 년이건 그가 이 세상에 머무는 동안 아픔과 어려움이 몰려와도 이를 이겨내고 기쁘게 받아들이도록 도와주시옵소서. 그가 여생을 편안히 마무리하기 바라오며 그가 다시 하나님을 만나고 영생을 얻기를 기도드립니다. 아멘"

나는 서둘러 인터넷에 들어가 고급 오디오 세트를 주문했다. 스피커, 프리앰프, 파워앰프, CD player 등 오천만원도 넘을 고급 명품들이지만 중고품 가격인 팔백오십만 원을 들여 즉시 샀다. 음악 애호가들이 사용하다가 인터넷 동호인 모임에 내놓은 것을 여기저기 다니며 동호인 집에까지 찾아가서 구입하였다. 수유리, 대전, 그리고 부산에 까지……. 일주일 만에 음악을 들을 수 있게 모든 기기가 갖추어졌다. 동생이 좋아하는 음악의 장르를 몰랐기 때문에 처음에는 우리 집에 있는 음악 CD를 가지고 와서 들려주었다.

팔성이는 해금으로 연주한 음악을 들으면서 덩실덩실 춤을 추었다.

"형님, 이렇게 음악이 좋은 줄 미처 몰랐습니다. 감사합니다."

"우리 마음을 지금 이 순간에 집중하게 하는 것이 예술이다. 음악, 그림, 영화, 드라마, 모두 순간에 집중해야만 감상할 수 있거든. 그 중에서도 음악이 제일이야.”

“저는 작곡가보다 콘트라베이스나 첼로, 해금악기와 같은 현악기 음악이 좋은데요. 형님은 어떤 음악이 좋습니까?”

“난 베토벤을 좋아해. 특히 피아노 협주곡 5번 황제를 자주 들어.”

“오디오 가격이 만만치 않았을 것 같은데요?”

“고가품들이지 내가 선물하마. 사용하다가 다시 중고품으로 팔아도 가격에 큰 차이가 나지 않아.”

“형님 그러시지 말고 제가 그 돈을 드릴게요. 그리고 나중에 형님이 사용하시면 되잖아요.”

“고맙지만 형도 오디오가 있다. 매일 한두 시간은 음악을 감상하고 있어.”

이렇게 만류했지만 기어이 팔성이는 오디오 값을 그 자리에서 현금으로 주었다.

그 후 최서희는 팔성이가 거의 매일같이 오디오를 듣는다고 전했다. 팔성이네 갈 때마다 음악CD가 늘어나고 종류도 다양해진 것을 봐도 알 수 있었다.

어느 날 팔성이는 음악을 들으며 덩실덩실 춤을 추는 모습을 보여 주면서 말했다.

“형님 이렇게 좋은 음악을 왜 지금까지 안 듣고 살았는지 모르겠습니다. 제가 참 바보처럼 살았습니다. 늦게라도 이런 취미를 갖게 해주어 고맙습니다.”

어느 날인가 동생은 이런 질문을 했다.

"형님은 요즘 무엇에 관심이 있으세요?"

"음, 내가 재직하고 있을 때 '정년퇴직을 한 후 죽기 전까지 어떤 일을 하면 좋을까?' 하고 생각해 둔 게 있지. 두 가지인데 요즘 그 걸 하며 지내지."

"그게 무엇인데요?"

"첫 번째는 내가 살아오면서 도움을 받은 분들에게 '감사의 표현' 을 하는 거야. 예전에 고마움을 충분히 표하지 못한 게 많아. 제자 들의 사랑을 받고도 당연한 것으로 생각했고, 사랑을 받을 줄도 몰 랐던 거지."

"감사의 표현이라니요? 어떻게 하는 거죠?"

"진심을 담아 '정말 고마웠습니다.'라고 말하거나 편지를 쓰고 있 어. 기회 있으면 마음을 담은 선물도하고 식사를 같이 하며 옛이야 기를 나누기도 하지."

동생도 매우 동감한다는 듯 크게 고개를 끄덕였다.

"두 번째는 내가 가진 재능을 필요한 사람들에게 나누어 주는 거 야. 나누는 것은 사랑을 주는 거와 동격이지. 내가 살아 있는 동안 힘닿는 데까지 봉사하고 싶어."

"아, 그렇군요. 형님이 나눈다는 재능은 어떤 것이에요?"

"대중 앞에서 안 떨고 말하는 훈련이야. 내가 직장생활을 하다 가 교수가 되었잖아? 교수가 되어 처음에 겪은 어려움이 있었어. 강의준비를 엄청나게 많이 하고도 막상 강의실에 들어가면 떨렸

× 162 ×

꿈엔들 잊힐리야

어. 등에서 식은땀이 줄줄 흐르고 강의할 내용이 생각도 안나더라고. 그래서 그런 두려움과 떨림을 극복하는 훈련을 받았지. 하루두 시간씩 열 번 정도 훈련 받는 단기과정이었는데 그 후 곧장 좋아졌어. 그 결과 자신감이 생겨 학생들로부터 BEST PROFESSOR AWARD까지 받았으니. 요즘은 내가 다른 사람들에게 무보수로 그 훈련을 시켜주고 있어."

팔성이는 자기도 대중 앞에서 겪었던 발표의 어려움을 회상하며 학교교육이 이런 부분에 더 신경을 써야 한다고 했다.

하루는 팔성이가 바둑을 두자고 했다. 그는 나보다 바둑실력이 부족해서 나와 바둑을 두려면 넉 점은 놓고 두어야 했다. 그런데 그날따라 두 점만 놓고 두자고 억지를 썼다. 환자인 데다가 고집이 센 그와 계속 다투기 싫어서 두 점을 놓게 하고 한 판을 두었다. 결과는 나의 완승이었다. 그러자 팔성이가 말했다.

"육준이는 한 일 년 전부터는 항상 저에게 저줍니다. 그리고 '환자이기 때문에 저 주었노라.'라고 말합니다. 그런데 왜 오민이 형은 환자인 저를 배려하지 않으십니까?"

팔성이가 육준이를 호칭할 때 형이라는 말을 하지 않아 당혹스러웠지만 의식하지 못한 척하고 간단히 답했다.

"배려하는 방법의 차이겠지. 나는 진실하게 대하는 것이 최선의 배려라고 생각해. 너의 입장에서는 어느 쪽이 더 배려 받은 것 같니?"

"……."

팔성이는 그 말에 대하여 답하지 않았다.

팔성이와의 대화는 서로의 삶을 돌아보는 시간이었고 다른 가치관을 받아들이는 계기가 되었다.

그러던 어느 날 동생에게 결혼에 대한 이야기를 물어 보았다.

"너는 예순이 넘도록 독신으로 살았잖아. 좋은 혼처도 많았는데…, 남자로서 무슨 문제라도 있는 거야? 아니면 다른 이유가 있었던 거야?"

"혹시 성불구라고 의심하는 거예요? 그렇지 않아. 나, 할 건 다 해 보고 재미도 볼 만큼 보았어요. 이것 좀 보세요."

동생은 발기부전 치료제인 비아그라를 두 정씩 압출한 판지를 보여 주었다. 그 판지에는 한 알만 남아 있었다. 한 알은 이미 사용했다는 의미로 보였다.

"그럼 뭐야? 혹시 실연의 상처 같은 거나 잊지 못할 여인이라도 있는 거야?"

"실연? 잊지 못할 여인? 음, 뭐……. 그 때문이라고 할 수도 있겠지, 형과도 관련이 있는데……."

"뭐? 나와 관련이 있다고?"

당혹스러웠다. 어떤 일로 관련이 있단 말인가? 상상조차 되지 않았다.

"형, 혹시 정옥이 누나 생각나?"

머리가 어지러웠다. 정옥이가 왜?

"정옥이? 아, 우리 동네 살던……?"

난 당혹스러움을 감추지 못하고 토끼눈이 되어 말했다.

"나, 그 누나 좋아했어."

"지, 진짜?"

설마 애스터가 내 동생과? 그녀와 만날 때 동생은 겨우 중학교 3학년이었는데……. 무척이나 혼돈스러웠다.

"정옥이는 너와 나이 차이가 너무 많이 나는데?"

"사랑에 나이가 문제겠어요? 영화 속의 주인공들은 국적이나 나이, 빈부귀천을 초월해서 사랑에 성공하는 경우가 얼마나 많다고요."

"하긴 그렇다만….."

나는 놀라움이 가시지 않아 말끝을 흐렸다. 다 끝났다고 생각했던 정옥이와의 인연이 팔성으로 이어졌다는 것이 묘하게 느껴졌다.

"내가 대학입시를 치른 뒤에 고향에서 발표를 기다리고 있을 때 그 누나를 만나게 되었어요. 어머니 심부름으로 농협에 예금 찾으러 갔다가 누나와 우연히 만났는데……. 그 누나가 나를 먼저 알아보고 말을 건네더라고……, 얼마나 친절하던지. 진짜 너무 잘해 주었어. 커피며 먹을 것도 사주고 추운 겨울철인데 손 시리겠다고 하면서 장갑도 사주더라고. 오민이 형에 대한 안부도 물었지요."

그렇다. 동생이 고등학교를 졸업한 1967년 말은 내가 군대를 제대하기 직전이었고 나와 정옥이가 만나지 못한 지 이년 삼 개월 정도가 지난 후였다. 그리고 난 그 다음해 1월에 김신조사건이 발생하여 제대가 연기되어 6월에야 제대할 수 있었다.

"그래? 그 때 정옥이는 뭐하고 있었는데? 농협직원?"

"정옥이 누나도 농협에 돈 찾으러 왔던 것 같았는데요."

내가 서울에서 직장생활을 시작하고 애스터와 연락도 못하고 있을 때 그녀는 얼마나 궁금하였을까? 보고 싶어도 참고 억누르며 마음고생만 하고 있을 때에 애스터가 동생을 만나게 된 듯했다.

"그 누난 보석처럼 예쁘잖아. 그때도 얼마나 예쁘던지……."

"시골은 남들 눈도 많은데 어디에서 만났니?"

"처음 두세 번은 농협 앞에서 만났고 차부에 있는 식당에서 만나기도 했지. 오일장이잖아? 장이 설 때는 시장 국밥집에서 만났고. 내가 동생처럼 보이니까 다른 사람들이 보아도 상관하지 않았어. 누나도 그런 건 의식하지 않는 것 같았고."

"자주 만났니?"

"만난 건 모두 해서 한 다섯 번쯤 만났을까? 내가 좀 진지해지니까 그 후부터 확, 나를 멀리하고 만나주지도 않았어요. 아무 이유도 말하지 않고 확 돌변해 버린 거야."

동생은 정옥이가 그리운 듯 창 너머로 멍한 시선을 던지다가 말을 이었다.

"처음에는 그저 튕기는 것으로만 생각했어. 산 새우의 수염을 잡으면 톡톡거리는 느낌이 짜릿하잖아. 그런 느낌이 들어 사랑하는 맘이 더 커졌던 거 같아. 그런데 그 재미는 잠시, 잘 대해 주던 누나가 날 멀리하니까 시간이 지나갈수록 미쳐버리겠더라고."

그는 정옥이의 모습을 떠올리는 듯 애잔함이 가득한 눈빛으로 다시 창밖을 바라보다가 잠시 후 말을 이었다.

　"길거리에서라도 보기만 하면 데이트 신청하고, 선물도 보내고, 편지도 하고 그랬었지. 그 후 5년 동안, 그런데……."

　"그런데?"

　난 둘의 사연에 점차 빠져드는 나를 느낄 수 있었다.

　"비참해질 만큼 날 외면하고, 누나가 그럴수록 내 마음의 사랑은 커져만 갔고 그러다 결국 상사병에 걸려 오랫동안 앓았어. 그 후 줄기차게 외사랑하게 되었고."

　"동생처럼 귀엽게 생각하고 잘해 주었더니 어린 게 자길 사랑한다고 덤벼드니까 난처했겠지. 연하의 애인은 상상하기 어려운 시절이었으니까."

　나는 정옥이를 위해 무슨 변호의 말이라도 해줘야 할 것 같았다. 동생은 고등학교 때 성적이 아주 우수해서 서울에서 제일 좋다는 대학에 원서를 냈으나 그해 실패했다. 재수를 하고 다시 삼수를 했지만 또 실패해서 결국 원하던 대학에 들어가지 못하고 후기모집대학에 들어갔다.

　"대학 입시에 계속 실패한 이유가 정옥이 때문이었니?"

　"나 혼자 상사병에 걸렸던 거니까 그 누나의 책임이라고 말할 수는 없지."

　팔성이는 다시 애잔한 눈빛을 창밖으로 던지고 있었다. 정옥. 애스터가 팔성이에게도 빛나는 보석이었다니.

"그래도 딱 한 번 만나주더라고."

"그래?"

"내가 누나네 집 앞에서 죽네사네 하며 소동을 벌였어. 그런 와중에 읍내 빵집에서 마주쳤는데 제발 한 번만이라도 만나달라고 사정했더니 만나주더라고."

그렇게 말하는 팔성이는 어느새 남의 이야기를 하는 듯 담담해졌다. 이제 모든 것들이 추억이 되었다는 듯.

"나를 피하는 게 오민이 형 때문이냐고 물었죠."

"뭐라고! 나 때문에? 왜 그런 생각을?"

난 짐짓 당황해 하는 듯 목청을 돋웠다. 불현듯 정옥에 대한 미안함과 부끄러움이 얼굴을 뜨겁게 만드는 것이 느껴졌다.

"그런 건 아니라더군요. 형과는 잠시 만났지만 아무런 일도 없었다고……. 나를 피하는 건 자기보다 어려서라며 곧 시집 갈 거고 날도 받아놨으니 앞으로는 연락하지 말라고 하는 거야. 정옥 누나가 결혼하고 난 후론 식욕도 없어지고 맥이 쭉 빠져 살고 싶지도 않았어."

팔성이의 용기가 부러웠다. 난 애스터와의 사랑에 어려움이 생겼을 때 애스터를 피하기만 하지 않았던가. 어머니의 허락 없이는 안 된다는 생각이 커서였지만 그렇다고 내 비겁함이 정당화될까?

"그 누나의 눈을 보면 내 눈까지 맑아지는 것 같았어. 누나가 내 마음에 들어 왔다 나간 후에도 그 사랑이 지워지지 않는 거야. 세월이 흐르면서 그 사랑이 아픈 상처가 되었어. 그 상처 때문에 다른 어떤 여자하고도 결혼할 엄두가 나지 않아 지금까지 독신을 고집해온 셈이지."

동생은 잠시 뜸을 들이다가 기습하듯이 물었다.

"그런데 형, 정옥이 누나하고 잤어요?"

"뭐라고? 자다니, 네가 어떻게 그런 걸……?"

"어머니가 보셨다던데. 늦은 밤에 형 방에서 정옥이 누나가 나오는 걸."

어머니가 굳이 왜 그 말을 팔성이에게 한 까닭을 어렴풋이 알 것도 같았다. 팔성이에게 정옥은 나와 깊은 관계라는 것을 밝힘으로써 막둥이를 설득하는 쉬운 길을 택한 것이다. 형제를 사랑한 여자, 집안의 분란을 일으키는 나쁜 여자, 바로 정옥. 팔성은 고집을 꺾지 않을 수 없었을 것이다.

"어머닌, 눈치가 빠르시잖아. 정옥이 누나 때문에 내가 자살 소동까지 벌여도 막무가내셨어. 형과 정옥이 누나와의 관계도 그때 말씀하시더라고. 아마 그 누나가 학벌이 그렇고 집안도 기우니까 그 집과 사돈 맺기를 원치 않으셨을 거야. 더욱이 나하고는 나이까지 차이가 많이 나니까 더 더욱 말이 안 된다고 생각하셨겠지."

나는 팔성이에게 어머니를 변호하고 싶었다.

"팔성아, 사실 나는 정옥이와 결혼하고 싶었지만 어머니의 강력한 반대에 부딪쳐 결국 포기하고 말았다. 우리도 그렇지만 어머니 세대는 전쟁과 식민지시대에 억압을 받았고 이후에는 전쟁으로 가난을 겪으셨지. 그뿐만 아니다. 기득권층의 권력에 억눌려 살아 온

인생이다. 그렇기에 돈과 권력을 생명처럼 소중한 것이라고 생각
하셨을 것이다."

팔성이는 고개를 끄덕이며 내 말에 대한 동의를 표시해 왔다.

"그렇죠. 아들딸을 굶길 때 피눈물이 났겠죠. 보고 싶은 것도,
공부도 제대로 할 수 없을 만큼 가난했으니까요. 어머니도 초등학
교조차 못 나오셨잖아요. 하나님을 믿기 전부터 돈과 권력이 하나
님 역할을 했겠죠."

내가 대답했다.

"학벌은 곧 돈과 권력의 상징이라고 생각했던 어머니는 정옥이를
며느리로 받아들일 수가 없었던 거야. 만일에 내가 고집하여 그녀
와 결혼한다 해도 행복한 가정을 만들 수 없기 때문에 결국 포기했
어. 지나간 일은 모두 좋은 경험일 뿐 내 사전에 후회란 없다."

12

· · ·

독신주의

"결국 정옥이 때문에 독신주의자가 된 거니?"

"외사랑으로 상사병에 걸린 것도 한 원인이겠지요. 평생 동안 정옥이 누나만큼 아름다운, 아니 내 마음에 드는 여자를 만나지 못했으니까. 하지만 그 이유 때문만은 아니야."

그는 잠시 쉬었다가 말을 이어갔다.

"독신으로 살게 된 것은 자식들이 부모님의 삶을 옭아매는 것을 보고 그게 싫었기 때문이기도 해. 고생해서 키운 자식들이 나이 든 부모를 잘 모시지도 않고. 우리 부모님만 해도 오로지 자식들을 위해 희생적으로 사셨지만 성공한 자식들이 부모님을 책임지고 모시지 않았잖아? 내가 결혼을 안 했으니까 그나마 어머니를 끝까지 모실 수 있었지……. 더 이상 말해 봤자 무슨 소용이겠어."

나는 동생의 말에 공감이 됐고 내 자신이 부끄러워졌다.

"할 말이 없구나. 결혼해서 자식을 낳으면 어버이로서 희생해야 하고 희생해서 키웠더니 자식은 부모님을 몰라라 하고 제 자식들만 받드는 그런 가정을 너는 만들고 싶지 않았다는 말이구나. 정말 부끄럽다."

"아내라는 존재도 마찬가지야. 주변 사람들을 보면 아내를 위해서 또 자식들을 위해서 돈 버느라 고생하고 희생하며 살아도 끝내 아내의 눈치만 봐야 하더라고. 그런 남편이 되기 싫었어. 아버지도 그러셨지. 소위 공처가. 형님들도 모두 공처가 아냐? 구태여 그런 결혼을 할 이유가 없잖아요?"

그는 다소 흥분한 듯 존댓말과 반말을 섞어가며 말했다.

"그래 그렇지. 그게 현실이야."

나는 동생의 말에 긍정했다. 나 역시 부모 봉양에 신경 쓰지 못한 자식이 아니었던가. 그리고 가정에서는 마누라 말이라면 껌뻑하는 힘없는 남편이 아니었나 싶어 부끄러운 생각이 들었다. 그렇지만 팔성이의 의견이 전적으로 옳다고 수긍할 수는 없었다.

"그래도 가족이 있어야 정신적 안정감이 생겨. 어려운 일이 생길수록 가족에게서 안정을 찾게 돼. 자식을 가져보지 않으면 도저히 알 수 없는 그 무엇이 있어. 아들딸이 설혹 못났거나 불효할지라도 혈육이 있다는 것만으로도 책임지고 보살펴야 하는 어려움보다 더 큰 안정감을 가질 수 있다. 공처가로 지낼지언정 악처라 해도 없는 것보다 있는 것이 더 좋고 불효자라도 있는 것이 더 좋지. 결혼 안한 사람은 절대 모를 혈육의 존재가치가 분명히 있어."

동생의 부정적 가족관은 다 내 탓인가? 정옥이와의 사랑이 이루어지지 못한 것에 대해 동생은 분명 정옥이 탓도 아니라고 했다. 하지만 난 찜찜했고 정옥이와의 관계에 대하여 해명할 필요가 있다고 느꼈다.

"군대 입대 전에 정옥이와 몇 번 만나기는 했지만 결정적인 선을 넘진 않았어. 어머니가 가문에 먹칠을 한다면서 너무 심하게 반대하셨거든. 더 이상 만나지 못했지. 정옥이는 어머니 때문에 가슴에 멍이 들었을 거야."

"형도 아들 딸 결혼할 때 간섭했어요?"

"우리 세대는 물질적으로 어려움 속에 살아서 소유욕이 강하지만 요즘 젊은 세대는 가난을 경험하지 않았고 권력에 억압당하지 않아서 소유욕보다는 자기실현 욕구가 강해."

"자기 실현욕구라뇨?"

"남의 눈치를 보지 않고 자기가 하고 싶은 것을 하려고 하는 것 말이야. 요즘 젊은이들이 선망하는 직업 중에 셰프(chef)가 있잖아. 옛날에는 요리사는 권력도 없고 돈도 많이 벌지 못해서 3D에 속한 직업이었지. 돈이나 권력에 대한 아픔이 없는 새로운 세대는 자기가 좋아하면 그것에서 가치를 느끼지."

나는 동생에게 예를 들어 설명해 주었다.

"열 명의 친구들이 모여 있을 때 누가 이렇게 말한다고 하자. '참 좋은 일이 있어. 여기 친구 중에서 한 명이 한 일이야.' 이 말을 들은 친구들은 누가 했는지 모르면서도 '그 동안 좋은 일을 가장 많이 한 사람이 그 일을 했을 것이다.'라고 생각해. 반대로 나쁜 일이 일어났다고 하면 '그 동안 나쁜 일을 많이 했던 사람이 했을 것'이라 여기지."

"축적된 선지식이나 경험이 새로운 지식을 받아들일 때 해석하는 기준이 된다는 말씀이죠?"

"그렇지, 부모 세대의 경험과 아들 세대의 경험이 다르니까 원하는 것, 가치기준이 다를 수밖에 없지."

"그럼 형님은 아들딸이 원하면 무엇이든 허락하세요?"

"물론이지, 내가 반대해도 애들이 거세게 항의할 거야. 더욱이 내게 그런 아픔이 있어서 내 아들이 결혼할 때는 '네가 좋다면 무조건 나도 좋다. 네가 원하는 사람하고 결혼하기 바란다. 너의 선택을 응원해 주마.'라고 했었지."

　의사가 말한 2월 말은 지나가고 어느 덧 9월이 되었다. 팔성이의 병은 점점 더 심해졌다. 나는 일주일에 한 번씩 동생 집을 찾아가던 것을 9월부터는 두 번씩 찾아갔다. 그 동안 동생의 친구 두 명이 간병을 해 왔으나 병이 더욱 악화돼 간병인 한 명을 더 늘리자고 제안하여 8월부터 세 명이 간병을 하고 있었다.

　"그 동안 육준이랑 칠자가 너를 많이 보살펴 주었잖아? 육준이는 시간도 많을 텐데 왜 집에 찾아오지도 못하게 하는 거냐?"

　"그렇죠. 제가 가장 가깝게 지낸 혈육이 육준이 형이죠. 하지만 육준이 형이랑 칠자 누나는 집에 오지 말라고 했어요. 지금은 형이라 부르고 싶지도 않아요."

　"무슨 일이라도 있었냐? 자세히 말 좀 해 봐. 궁금하다."

　"육준이 형이 어려서부터 저를 많이 챙겨주었거든요. 제가 중 1학년일 때 육준이 형이 야구 글로브를 사준 이후 그를 좋아하기 시작했어요. 그 형을 위해서라면 모든 것을 희생하는 마음으로 살아왔어요. 제가 시한부 인생이라는 의사소견을 들은 직후 육준이 형에게 '제가 죽을 때 유산의 절반은 육준이 형에게, 절반은 십년 넘게 간병한 친구 최서희에게 주겠다.'고 말했어요. 그런데 그때부터 박육준이가 달라졌어요. 제가 받은 퇴직금이 꽤 되지 않아요? 가진 돈이 얼마인지 알고 난 이후부터 당장 그 돈을 빌려 달라고 해

× 178 ×
꿈엔들 잊힐리야

요. 제가 죽기 전에 줄 터이니 기다려 달라고 했지만 만날 때마다 그 돈을 빌려 달라고 조르는 거예요."

"그런 일이 있었구나. 육준이가 사업에 실패하여 어렵다는 말은 들었다. 오랫동안 육준이와 너는 사이가 좋았지. 어찌 되었든 준다고 한 돈이니 빌려줄 수 있잖아?"

"의사가 2월 말이라고 했지만 제 느낌엔 그보다는 더 오래 살 것 같았어요. 그런데 더 살아가자면 돈이 필요하거든요. 내가 죽기 직전에 주겠다고 했죠. 그런데도 계속 자기 집이 길가에 나앉을 정도로 어려워서 당장 필요하다며 만나기만 하면 돈 이야기를 해요. 믿기지 않은 이야기로 하도 성가시게 해서 결국 집에 찾아오지 말라고 했는데 계속 와서 나를 힘들게 했어요. 도저히 안 되겠어서 그 다음부터는 현관문의 전자열쇠 비밀번호를 바꾸고 초인종을 눌러도 문을 열어주지 않았어요."

팔성은 한참을 침묵하더니, 크게 한숨을 내쉰 후 말을 계속해 갔다.

"그랬더니 나를 동생으로 보지 않기 시작했어요. 내가 유산으로 보이나 봐요. 전화를 하루에도 수십 번씩 걸어 돈을 빌려달라는 거예요. 제가 오죽했으면 수신거절로 바꾸어 버렸겠어요. 박육준이 하도 귀찮게 해서 몸만 힘든 게 아니고 이젠 마음도 힘들어졌어요. 내가 안 만나주자 문자로 수없이 나를 욕하기 시작했어요. 이 문자 좀 보세요. 박육준, 아 짜증나는 인간, 동생까지도 돈으로 보는 돈벌레."

팔성이는 내 쪽으로 몸을 기울이더니 휴대폰의 문자를 보여주었다. 안 그래도 병색이 짙은 얼굴에 근심이 더욱 드리워지니 보기에도 딱할 정도로 아파 보였다. 그러나 난 중심을 지켜야 할 것 같았다. 둘 다 나에겐 동생이다.

"허어, 듣기 민망하다. 오죽이나 어려웠으면 그렇게 했겠니? 돈보다 가족이 먼저야. 혹 너를 돈으로 본다고 해도 형은 형이지."

나는 팔성이에게 조금이라도 더 건강할 때 그 동안 만나보지 못했던 사람들과 만날 것을 권했다. 먼저 대전에 사는 형님과 연락해서 만나게 했다. 대전에서 변호사로 활동하는 큰형님과는 팔성이도 만난 지 너무 오래되었다. 그동안 잘 사는 큰형이 어머니를 모시지 않았다는 서운함 때문이기도 했지만 돈 문제로 큰형과 다투고 원수처럼 지내는 육준이가 큰형과의 거리를 멀리하도록 이간질했기 때문이기도 했다.

나는 가까운 친인척들과 화해와 만남의 시간을 갖도록 팔성이에게 권고했다. 형수님도 따로 만나 이런 저런 이야기를 나누었다. 조카들도 불렀다. 그는 아주 가까웠던 친구와 몇몇의 제자들을 불러 만남의 시간을 갖기 시작했다. 만나기 어려우면 전화로 서로 안부를 묻고 인사말을 주고받았다. 나는 특별히 육준이와도 화해하고 만날 것을 종용했다. 그래서 팔성이가 말했다.

"그 말이 옳습니다. 육준이 형에게 화해하고 싶다고 전화해 주세요. 제가 이 세상을 떠나기 전에 풀고 가야겠죠."

나는 육준이에게 팔성이가 화해하고 싶다는 이야기를 전화로 알렸다.

　그러던 중 갑작스러운 일이 일어났다. 그러니까 9월 23일, 저녁을 먹고 아내가 좋아하는 TV 연속극을 같이 보려고 할 때 팔성이에게서 전화가 왔다.

　"형, 지금 바빠? 여기로 와 줄 수 있어? 급히 할 말이 있어서 그래."

　"어? 무슨 일 있어? 급히 준비하고 곧 출발할게. 교통이 안 막히면 사십분 정도 걸릴 거야."

　나는 밤 10시 조금 지나 팔성이 집에 도착했다. 막둥이는 파리해진 얼굴, 무언가 고뇌에 찬 모습으로 앉아 있었다. 그는 나를 보자마자 앙상하게 뼈만 남은 두 손으로 내 손을 움켜잡으며 말했다.

　"하도 통증이 심해서 죽고 싶었어요. 입에서 피가 쏟아져 나오고……. 통증이 너무 너무 심하게 와서 마약진통제를 많이 먹었죠. 그런데도 듣지 않아서 그냥 죽고 싶었어요. 자살하려고 했어요. 죽음을 앞두고 그동안 안 만나던 육준이를 오라고 했습니다."

　"육준이와 단둘이 만난 거야?"

　팔성이는 대답대신 고개를 끄덕였다.

　너무나 의아했다. 육준이와 틀어진 이후 모든 일을 나와 상의하던 동생이 무슨 일로 육준이를 나 없을 때 오라 했을까? 내가 알아서 안 될 일이 동생에게 있었다는 말인가? 내가 바보가 된 기분이었다.

　"차마, 오민이 형에게는 그런 부탁을 할 수 없었어요. 부탁해도 들어줄 것 같지도 않았고……. 죄송해요.”

“무슨 부탁인데?”

“자살, 안락사, 존엄사 같은 거요. 저는 편안히 죽고 싶었어요. 그거 하나면 된다고 생각했어요.”

“그래서 육준이에게 안락사 시켜달라고 부탁했단 말이야?”

“그래요, ‘육준이 형, 아파 죽겠어. 나 안락사 좀 시켜줘.’라며 눈물을 흘리면서 애원했죠.”

“나도 존엄사는 필요하다고 생각해. 어쨌든 그건 나중에 이야기하기로 하고 육준이에게 안락사를 부탁한 게 언제야?”

“9월 17일 밤이에요. 오민이 형님과 간병인들도 모두 집에 돌아간 뒤에 잠자리에 들려는데 그날 밤 유달리 심한 통증이 몰려 왔어요. 이렇게 아프면서까지 더 이상 살아야 하는가? 순간 육준이 그 개새끼를 만나야겠다는 생각이 떠올랐죠.”

막둥이는 육준이를 형이라고 부르지 않는 정도가 아니라 ‘개새끼’라고 부르고 있었다.

“안락사 시켜 달라는 말 듣고 육준이가 뭐라 해?”

“자기는 죽일 수 없고 자기 의사 친구에게 부탁해야 하니까 돈이 필요하다더군요. 안락사는 시켜 줄 터이니 우선 돈을 달래요. 잘 죽여주는 의사 친구를 알고 있다면서…….”

뭐야! 동생을 죽여 줘? 순간 나는 어안이 벙벙해졌다. 그리고 머릿속이 하얗게 되어 아무런 생각이 나질 않았다. 잠시 숨을 고른 후 내가 입을 열었다.

"오죽했으면, 오죽했으면 안락사시켜 달라고 했겠냐 싶다. 하지 만…….""

나는 말을 이을 수가 없었다. 주르륵 눈물이 앞을 가렸다. 내 가슴이 찢어지게 아려왔다. 한참 동안 다시 침묵이 흘렀다. 내가 이어 물었다.

"그래서 너는 어떻게 했니?"

"죽을 사람인데 돈이 무슨 필요가 있겠습니까? 죽고 싶은 마음에 주기로 했죠."

"그래? 얼마 주었는데?"

"제가 퇴직금으로 받은 은행 잔액보다 더 달라고 하기에 이 아파트를 담보로 대출을 받아서 주었어요. 이 아파트 시세가 5억 5천만 원 정도 가거든요. 퇴직금 받은 것에 아파트 담보대출 받고 해서 서희 줄 것 좀 남기고 다 주었습니다."

팔성이는 한 숨을 푹 쉬었다.

"다음 날 아침 우리 동네 국민은행 지점에서 만났어요. 돈은 전부 다 자기앞수표로 찾아 주었어요. 9월 25일 저녁에 안락사시켜 주기로 약속하고……."

"……."

난 아무 할 말이 생각나질 않았다. 팔성이가 말을 이었다.

"제 생각이 바뀐 거예요. 매주 화요일이면 수녀님이 와서 저의 영혼을 위해 기도해 주시거든요. 오늘도 화요일이라 오전에 안나라는 수녀 간호사가 찾아와서 그 수녀와 대화하는 중에 제 마음이

독신주의

바뀌었죠. 통증과 병세도 좀 호전되었고 그래서 오늘 오후 육준이
에게 '안락사를 하지 않겠다. 살 수 있을 때까지 살다가 저세상으
로 가겠다. 돈이 필요하니 돌려 달라.'고 했죠."

"돈은 돌려받았어?"

"그 새끼, 돈이 자기에게 더 절실하다면서 한 번 준 돈은 자기 맘
이라며 못 돌려주겠다는 거야?"

"현금으로 주었니?"

"십만 원짜리 자기앞수표로 주었어요."

꿈엔들 잊힐리야

"주기 싫으면 은행에 연락해서 지급정지시켜야지."

"제가 그 생각은 못했네요. 내일 아침 은행에 신청하겠습니다."

그러나 육준이는 수표로 받아간 날 한 시간 후에 모두 현금으로 인출해 가버렸다. 명문대를 나온 사람이라 머리는 빨리 돌아갔나 보다. 그 사실을 안 팔성이가 말했다.

"강남경찰서에 사기죄로 고소장을 내려고 해요. 육준이가 사는 압구정동을 관할하는 경찰서이거든요."

"형제간에 고소? 안 되지. 고소는 감옥에 넣으려고 하는 거야. 욕하거나 심지어 한두 대 때리는 것하고 다르다. 가족이 아니라는 공식적인 선언이 되니까. 돈 때문에 형제를 고소한다고? 나는 찬성할 수가 없다. 그러나 네 돈이니 마음대로 해라."

"말로는 안 되는 걸 어떡합니까? 전화도 안 받고 육준이가 사는 아파트로 찾아가서 초인종을 눌러도 문도 안 열어 줍디다. 하룻밤을 꼬박 이 병든 몸으로 그 집 앞에서 쓰러져 누워 기다렸지만 아무도 나와 보지도 않았어요. 난 다만 돈을 빨리 찾기 위해 고소하는 방법을 생각한 것뿐입니다. 경찰이 조사하는 과정에 돈을 가져 오겠지요? 고소하는 제 마음은 피눈물이 납니다."

팔성이는 강남경찰서에 직접 찾아가 사기죄로 박육준이를 고소했다. 그런 이야기를 듣고 나는 육준이를 만나야겠다고 생각했으나 마음이 무거웠다. 사실 육준이는 큰형과 말도 하지 않고 심지어 집안 행사에서 마주쳐도 인사마저도 하지 않을 만큼 원수처럼 지낸 지가 십오 년이 넘었다. 그런 육준이에게 나는 수없이 잘잘못을 따지지 말고 큰형과 화해할 것을 충고했지만 모르쇠로 일관했다.

나는 무거운 발걸음으로 육준이를 만나 말했다.

"육준아, 너는 유달리 정이 많은 사람이었잖아. 나는 요즘에야 잠시 팔성이 병문안을 다니고 있지만 너는 팔성이를 오랜 동안 그 누구보다 정성을 다해 보살펴 온 형이잖니. 막둥이 이야기만 들었다만, 이게 웬 날벼락 같은 이야기냐? 육준이 너의 이야기도 들어 보자. 어떻게 된 거야?"

"팔성이가 나에게 주겠다고 약속했던 돈을 주기에 받은 것뿐이에요. 만일 이 돈을 내가 안 받으면 아마 최서희에게 갈 것입니다. 서희가 돈을 가져가는 것은 막아야죠."

"너를 주든, 최서희를 주든, 어느 곳에 쓰든 그건 우리가 상관할 바가 아닌 것 같다. 팔성이 돈이니까 팔성이 마음대로 사용하게 하는 것이 옳지."

"막둥이가 정신이 흐려져서 이성을 잃고 어리석은 일을 하려고 합니다. 형으로서 당연히 막아야죠."

육준이는 계속해서 말했다.

"저에게 준 돈은 팔성이가 주기로 약속했던 돈을 자진해서 준 돈입니다. 한 번 받은 돈을 돌려 줄 수 없어요."

으악! 나는 외마디 소리를 지를 뻔했다. 아무리 사업에 실패했다고 하지만 명문대를 나온 지성인이고 행정고시까지 합격했던 사람이었다. 압구정동 최고급 아파트에 살면서 승용차로 벤츠를 몰고

꿈엔들 잊힐리야

다니고 두 아들이 모두 좋은 직장생활을 하고 있지 않은가?

"육준아, 사업에 실패한 건 내가 잘 알고 있다. 그래서 정말 경제적으로 많이 힘드냐?"

나는 잠시 머뭇거리다가 육준이를 설득해 보려고 했다.

"산길에서 바위가 굴러오면 우선 피해야 하지. 아니면 깔려버릴 수 있으니까. 그럴 때는 근시안적으로 행동할 수 있다. 육준이네가 팔성이에게 당장 경제적 위급상황이 있다고 말한 적이 있다며. 집달리가 너의 가재도구를 차압해 버릴 위기에 있다고 말했다며. 팔성이는 그런 너의 말을 믿지 않는다고 했어. 만일 네가 그렇게 화급하게 돈이 필요하고 그게 사실이라면 그 돈을 줄 마음이 있다고 하더라. 그런 경제적 위기가 있다면 말해다오. 내가 팔성이를 설득해보겠다."

"아니요. 사업에 실패해서 어려운 건 사실이지만 그 정도는 아닙니다. 저나 제 아내의 씀씀이가 커서 그렇지 어려운 건 아니에요. 사업이 잘될 때처럼 넉넉하게 쓰지 못하니까 조금 아쉬울 뿐이에요."

"그렇다면, 막둥이가 되돌려 달라고 하니 받은 돈을 다시 돌려주는 것이 좋지 않겠니?"

"형님은 상관하지 마세요. 나와 막둥이 문제입니다. 동생이 최서희의 이간질로 판단력을 잃어서 이렇게 된 것입니다. 제가 바로 잡아 주어야 합니다."

"나에게는 너도 동생이고, 팔성이도 동생이다. 그런데 팔성이 말이 더 사실로 들리니 어떡하면 좋으냐?"

육준이는 돈을 돌려 줄 생각이 없어 보였다. 그래도 마지막으로 사정을 해 보았다.

"육준아, 설사 네 말이 맞는다고 해도 막둥이 동생이 돌려달라고 하잖니? 팔성이가 정신적 충격을 받아 건강이 급속히 나빠질까 걱정된다."

"내 말이 거짓말로 들린다는 건가요? 일단 받은 이상 돌려주고 말고는 제 마음입니다. 더 이상 형님과는 할 말이 없습니다."

"네가 뇌물죄로 처음 재판 받을 때 변호사인 큰형이 도와 무죄 판결을 받을 수 있었다고 큰형에게서 들었다. 그런 형을 너는 십오 년 넘게 원수처럼 대하고 있잖아. 이제 죽어가는 막둥이 동생이 널 사기죄로 고소까지 하게 할 거니? 야속하구나."

육준이는 아들만 둘이 있었는데 이혼도 하지 않고 다른 여자와 몰래 사귀어 딸 둘을 얻었다. 그 애들을 부양해야 하기 때문에 돈이 더 필요했는지 물어보고 싶었지만 참았다. 그 이야기를 꺼내도 육준이의 태도가 바뀌기는커녕 문제만 복잡해져 해결이 더 어려워질까 염려되어서였다.

그는 내 눈치를 살피는 듯하더니 부탁의 말을 했다.

"오민이 형, 팔성이가 고소를 취하하도록 화해시켜 주세요."

육준이는 평소 정이 많아 어려움이 생기면 나를 걱정도 해주고 도와주려고 애썼던 동생이고 그 외에도 내게 여러 가지로 도움을 주었다. 그러나 돈에 관해서만은 염치없다고 생각해 왔다. 나에게서 여러 번 적지 않은 돈을 빌려갔지만 갚은 일이 한 번도 없었기 때문이기도 하고 그가 공직에서 물러난 것도 두 번이나 뇌물죄로 피소되어 결국 유죄 판결을 받아 파면되었기 때문이다.

설사 지금 당장 가난에 찌들어 입에 풀칠할 것이 없다고 해도 죽어가는 동생의 마음을 옥죄어서는 안 되는 것 아닌가? 나의 동생이 이렇게 파렴치한 짓을 하다니. 내 얼굴에 침 뱉는 것 같아 부끄러웠다. 재벌 집에서나 형제지간에 돈 싸움을 한다고 생각했는데 겨우 퇴직금을 놓고……. 인생의 허무함마저 밀려왔다.

'그래도 육준이를 이해해 주자. 인생관과 가치관이 다를 뿐 어쨌든 내겐 동생인 것을.' 이렇게 마음을 고쳐먹어보았다. 그러나 아무래도 더 이상 육준이와 대화는 하고 싶지 않았다. 더 이상 그와는 아무 말도 하지 않았다.

그날 팔성이를 찾아갔다. 팔성이는 결과가 궁금했는지 날 보자마자 병상에 누워 있던 몸을 일으켜 세웠다. 그런 팔성이에게 육준이와의 일을 전달할 때 내 가슴은 산산 조각으로 부서지는 것같이 아팠다.

"팔성아, 육준이 말은 '예전부터 주겠다고 한 돈을 주고받은 것'일 뿐이니 나 보고 더 이상 상관하지 말고 손을 떼어 달라고 하더라. 설득력이 부족해 너의 돈을 찾아오지 못해 정말 미안하다."

팔성이는 실망감에 눈동자가 흔들리는 듯했으나 이내 평정을 찾은 후 작은 미소마저 보이며 말했다.

"형님이 미안해 할 건 없죠."

"육준이 말은 서희가 너를 속이고 형제간에 이간질을 해서 네가 잘못 판단하게 만들었다고 하더라. 또 나한테는 형으로서 너의 오판을 바로 잡아 주어야 한다고 하더구나. 너와 화해의 다리를 놓아 달라고 하기에 직접 하라고 했지."

"육준이 그 새끼, 죽기 전에 서희와 혼인신고를 하라고 할 때는 언제이고 이제와선 서희가 나를 속인다고?"

"그랬어? 육준이가 너보고 죽기 전에 최서희와 혼인신고를 하라고 했니?"

팔성이의 고함에 서희가 물을 가지고 들어오다가 황급히 물병만 놓고 나가버렸다. 하지만 나 역시 흥분감에 휩싸였고 육준이가 그렇게 얕은 수작을 부렸다는 것이 어이없게 느껴져 나가는 뒷모습만 멍하니 보고 있었다.

"서희는 아내 못지않게 고마운 사람이지만 연인이나 부부와 같은 관계는 전혀 아니에요. 저는 아시다시피 독신주의자이고 서희에게는 중학교 3학년인 아들이 하나 있지요. 그런데 갑자기 주민등록에 새아버지가 생기면 그 아들은 심적인 혼란이 올 거예요. 그런 이유로 혼인신고를 하지 않았어요. 세금 좀 줄이려고 그따위 짓은 안 해요."

팔성이는 잠시 호흡을 가다듬고 계속해서 말했다.

"육준이가 서희와 혼인신고를 하라고 한 이유는 복잡한 상속문제를 피하려는 꼼수였어요. 서희에게 증여세를 안 내게 해주고 자기도 상속문제를 피하기 위해서는 부부상속의 방법이 좋다고 설득했

더군요. 알고 보니 최서희에게 혼인신고의 조건으로 상속재산 중 절반을 자기에게 주겠다는 조건의 각서를 써 달라고 했더라고요. 저의 반대로 조건부 혼인신고를 하자는 육준이의 잔꾀는 해프닝으로 끝났죠.”

나는 한숨이 절로 나왔다. 난 분노로 일그러진 팔성이의 얼굴을 걱정스럽게 들여다보곤 중재의 길을 찾으려 했다.

“육준이 말로는 ‘안락사 조건으로 받은 것이 아니다. 주기로 한 돈을 받은 것이고 일단 받은 뒤에는 모든 권한이 자기에게 있다’고 하더라.”

“안락사를 해 주는 조건으로 저를 속이고 가져간 것이에요. 암환자가 살아가려면 돈이 필요해요. 투병생활을 해야 하는 환자의 돈을 가져가다니. 병들어 곧 죽을 나를 짓밟고 있어요. 그 개 같은 놈에게 제가 속은 거죠.”

“육준이는 너에게 십 년 넘게 오랫동안 잘했잖니. 한때는 참 좋은 형이었잖아? 날씨도 맑은 날만 계속된다면 사막이 되어버리듯이 비오는 날도 있어야 하는 것처럼 육준이가 이번에 잘못했다 해도 옛날을 생각해서 용서해 주면 어떻겠니?”

한편으로는 팔성이의 건강도 걱정됐다.

“팔성아, 너의 응어리진 마음을 풀어야 네가 더 오래 살 수 있다.”

“저는 용서 못해요. 결혼도 않고 자식도 없이 병들어 죽어가는 사람을 무시하고 짓밟았어요. 그동안 박육준만 저에게 잘한 것은 아니죠. 저도 육준이 어려울 때 동분서주하며 도와주었습니다.”

그 일이 있은 직후부터 팔성이의 건강은 급격히 나빠졌다. 지팡이 하나만 짚고도 매일같이 남산 꼭대기까지 등산을 하던 그가 지팡이 두 개를 짚고도 중턱까지도 오르기 힘들어 했다. 결국 집에 산소생성기를 설치하고 산소마스크를 착용하기 시작했다.

나는 새벽기도에 나가 하나님께 기도했다.

'하나님, 육준이와 팔성이 두 형제가 돈 문제로 다투고 있습니다. 팔성이는 생의 마지막 순간입니다. 불쌍히 여겨주시고 그가 툴툴 털어버리고 인생을 편안히 마무리할 수 있도록 인도하옵소서. 하나님, 동생 육준이를 이해하지 못하는 제가 안타깝습니다. 주님께 육준이에 대한 저의 마음을 맡기옵니다. 육준이를 이해하고 미워하지 않고 살아갈 수 있도록 저를 붙잡아 주시옵소서. 아멘.'

육준이는 팔성이 집에 찾아와 고소 취하를 부탁하려고 했으나 팔성이는 경찰까지 불러 가택 출입을 못하도록 막고 아예 만나 주지 않았다. 그러던 중 팔성이는 결국 칠자의 설득으로 육준이에 대한 사기죄 고소는 취하하였다.

그는 늦은 시월 어느 날, 의사가 말한 2월 말보다 8개월을 더 살았다. 죽기 전 팔성이는 안나 수녀가 있는 호스피스병원에서 고통을 참아가며 두 통의 유서를 자필로 썼다. 하나는 장례식에 관한 것이었고 또 하나는 재산에 관한 것이었다.

"내 장례식의 주관을 친형 박오민이 맡아 조촐하게 치러 주고, 나의 마지막 삶을 짓밟은 박육준은 장례식에 참석하지 못하게 해주세요."

"남은 재산이 조금이라도 남아 있다면 친형인 박오민에게 모두 드립니다. 박오민 형은 내가 어디에 쓰고 싶은가를 가장 잘 알기 때문에 좋은 곳에 써줄 것입니다."

평생을 형제로 지내온 육준이, 오랜 동안 가장 친했던 육준이 형, 그를 내던져 버리고 죽어가는 팔성이의 마음이 얼마나 서럽게 찢어졌을까? 나는 죽어가는 동생 팔성이에게 이런 아픔을 막아주지 못해 미안한 마음이 컸다.

팔성이에게 육준이를 용서하기를 바라는 마음으로 말했다.

"너의 마지막 여생을 조금이라도 편하고 해주고 싶었는데 미안하다. 육준이에게도 미안하고 너에게도 미안하다. 그래도 육준이에 대한 유언장을 고칠 수 없니? 그를 용서하고 생을 마감하기 바란다."

팔성이가 힘없는 낮은 목소리로 말했다.

"육준이가 뉘우치기를 바라는 마음으로 유언장을 썼습니다. 다른 사람들에게도 돈에 집착하지 말라는 말을 남기고 싶기도 하고요."

"난 너의 그 방법이 옳다고 생각하지 않는다. 미워도 형제이니까. 너는 더 잘 알겠지만 형제에겐 은닉죄가 성립되지 않듯이 형제의 흠을 감싸주어야 하지. 저 세상에 계신 부모님도 네가 용서하기를 바라실 게야."

팔성이의 눈빛이 흔들렸다. 그러나 여전히 퉁퉁 부은 입술 모양으로 봐서는 마음의 빗장을 쉽게 열 것 같지 않았다. 내가 이어 말했다.

"사실 나도 육준이가 밉다. 하지만 나도 늘 좋은 행동만 하며 살지 못했다. 거짓말을 한 적도 있고 지나친 욕심을 내기도 했다. 뇌물을 받은 일도 있고 여자를 탐한 적도 있었어. 다른 사람을 죽이고 싶을 정도로 미워하기도 했고 어머니에게 불효했고 형제를 원망해 본 일도 있었어. 그런 나이기에 육준이를 비난만 할 수 없구나. 그러니 그만 육준이를 용서하고 편하게 생을 마감하기 바란다."

팔성이가 응답했다.

"가족 간의 상처는 사랑과 믿음의 다른 얼굴이라는 말씀이죠? 하지만 저는 직접 피해를 입은 당사자입니다. 육준이가 반성했으면 해요."

"네가 그렇게 하고 싶으면 그렇게 해야 하겠지. 그것도 너의 인생이니까."

육준이를 용서하지 않겠다는 팔성이의 마음은 확고했으므로 이젠 나와 팔성이의 문제가 남아 있었다.

"남는 유산을 나에게 준다고 유언했는데 나는 경제적으로 여유가 있다. 네 유산을 갖고 싶지는 않다. 다만 너의 유언대로 네가 어디에 쓰고 싶은가를 내가 많이 들었으니 너의 뜻에 맞게 쓰도록 하마."

팔성은 내 말을 듣더니 고개를 끄덕이며 밝은 표정을 지어 보였다. 그러다 간곡한 어조로,

"형님, 저의 부고를 신문에 낸다거나 많은 사람에게 알리지 마세요. 장례식장도 조촐한 곳에서 해 주시고요, 제가 근무했던 대

학교, 그리고 친구들에게도 저의 죽음을 알리지 않았으면 좋겠습니다."

"그게 무슨 뜻이야? 너는 그 대학교의 명예교수잖니?"

"저는 남의 문상을 가 본 적이 거의 없습니다. 오랜 동안 암투병으로 고생하다 보니 사람이 해야 할 도리를 다하지 못했습니다. 친구, 제자에게도 제가 다시 되갚아 드릴 도리가 없으니 행여 문상 오지 않도록 아예 알리지 말아 주세요."

"그래, 그 뜻을 알았으니 간소하게 장례의식을 치르마."

"제 육신을 생각하면 심한 고통을 받은 기억이 가장 큽니다. 정말 싫습니다. 그러니 화장을 해 주시고 그 다음은 산이나 바다, 나무 밑 같은 곳, 형님이 알아서 아무 곳에나 뿌려 없애주세요."

그는 죽기 직전까지 정신적으로는 건강한 판단력을 유지하고 있었다. 누군가 대신 몸을 씻겨주어야만 하는 것도 아니었고 코를 풀어주어야만 하는 나약한 환자도 아니었다. 죽기 삼일 전까지 막둥이는 하루 두 번씩 산보를 나갔고 거의 매일 같이 친척이며 친구와 전화통화도 하며 시간을 보냈다.

가까운 일가친척과 일일이 통화하고 집으로 오라해서 그의 마지막 만남을 정리했다. 그는 산의 공기를 좋아했다. 나와 같이 가거나 친구와 같이 산책했지만 때로는 혼자 지팡이를 짚고 다니기도 했다.

등허리에서 자라난 암세포 덩어리에서 극심한 통증이 밀려오면 마약 성분의 진통제를 먹어야만 견딜 수 있었다. 양귀비로 만들었다는 그것을 먹으면 통증이 사라지고 판단력은 보통 때처럼 회복되었다.

그는 죽음에 대해 이렇게 말했다.

"이 세상과 이별하면서 저는 조금도 육신에 대한 미련이 없습니다. 형님 말대로 죽는 것조차 기쁘게 맞이하겠습니다. 저는 종교가 따로 없습니다. 사후 세계에 대해서는 불가지론자입니다."

그러나 팔성이는 기독교 세례까지 받았고 다시 전향하여 불교에 심취하기도 했다. 그러나 죽기 전에는 원상복구하여 인간은 내세를 알 수 없다는 불가지론자로 돌아갔다고 말했다. 기독교로 다시 돌아 올 것을 권고하자 그러나 그는 확고하게 말했다.

"저는 모르는 것을 안다고 하고 싶지 않습니다. 벌거벗은 임금님 이야기처럼 남들이 모두 그렇게 말하니까 나도 그렇다고 말하는 격이지요. 저는 '인간은 사후세계를 알 수 없는 존재'라고 생각합니다."

그는 세상살이를 마감하기 직전에 마지막까지 쓰다 남은 재산의 대부분을 10년 이상 간병을 해 준 여자 친구 최서희에게 주었다. 내가 물었다.

"최서희에게는 월급을 주었고 전세보증금까지 내 주었다고 했잖아? 그런데 재산을 따로 물려주려는 이유가 있니?"

"예, 제가 직장암 수술을 했잖아요. 그 후부터 뒤처리가 어려웠어요. 누군가가 제 엉덩이를 닦아 줘야 한다는 게 엄청 부끄러웠습니다. 그 힘든 역할을 해 주었고 요즘도 가끔 밑을 닦아 줍니다.

서희라는 이름도 제가 지어 준 이름이지요. 혈육도 아니고 결혼한 것도 아니지만 제 곁을 떠나지 않고 계속 지켜봐 준 유일한 가족과 같은 사람입니다."

그는 죽어가며 마지막 회한의 말을 남겼다.

"오남매의 막둥이로 태어나서 형님들과 형수님들이 부모님께 대하는 태도를 보고 아내도 자식도 갖지 않겠다고 굳게 다짐했습니다. 아버지가 돌아가신 후 홀로 된 어머니를 제가 모시기로 했습니다. 결혼하라는 말을 뒤로 하고 외사랑했던 누나를 그리워하며 사랑의 아픔을 달랬습니다. 어머니에게 효성을 보여주었다고 믿은 박육준, 그자의 흉물스러운 실체를 보았을 땐 이미 늦었습니다. 육체적 고통과 영혼의 진노를 억누르며 생을 마감하게 됐군요. 저의 마지막 삶을 짓밟은 그자의 거짓된 눈물 속에 죽어가지 않도록 도와주십시오. 한스럽습니다."

팔성이는 회한에 찬 표정으로 날 지그시 바라보았다. 창밖을 보니 매서운 바람이 부는지 나뭇가지들이 흔들렸다. 마치 팔성이의 마음을 보여주는 것 같았다. 팔성이는 속이 답답했는지 물을 찾았다. 난 그러는 동안 팔성이가 한 말들을 곰곰이 되새겨 보았다.

사실 나는 아버지는 집에 모시고 살았지만 어머니를 모셔야 할 때 아내의 반대에 부딪쳤다. 어머니를 집에 모시는 대신 형님과 반반 부담하여 서울에 아파트를 사서 팔성이와 같이 사시도록 했던 것이 생각났다. 그런 것을 생각하니 육준이보다 내가 더 나을 것도 없는 것 같았다.

팔성이는 내 마음을 아는지 모르는지 내 두 손을 감싸 잡고는 극진한 감사의 말을 건넸다.

"형님, 저에게 오민 형님이 있어 인생을 마무리하는 데 안정을 찾을 수 있었습니다. 감사합니다."

내가 남산에 있는 팔성이 집에 찾아간 날로부터 열 달이 지난 어느 날이었다. 호스피스 병원에서 수면제와 진통제 주사를 맞은 다음 날 그는 더 이상 깨어나지 못했다.

가을볕은 아직 따뜻했으나 영정 속의 故박팔성은 두툼한 청색 티셔츠를 입고 있었다. 이제 예순셋, 요즘으로 치면 한창 때였다. 저세상으로 보내기엔 아쉬움이 너무 컸지만 그의 고통이 얼마나 컸는지 알기에 그저 편히 잠들기를 빌었다.

그를 간병하던 친구가 가까웠던 친구들 서너 명에게 부음을 알렸다. 몇몇의 제자들과 친구 그리고 같은 대학 교수들의 오열 속에 그는 가벼운 미소를 짓고 있었다. 정작 주인공은 아무 말도 듣지 못하지만 문상을 온 사람들은 모두 박팔성 교수를 흠모했다는 이야기를 했다. 모두 박팔성의 사랑을 받은 사람들이었다.

육준이는 유언장을 보았다. 그는 진심으로 팔성이의 죽음을 마음 아파하는 것 같았다. 그런데 그는 유언장이 모두 가짜며, 고인의 명예를 생각해서 품위 있고 이름 있는 유명 장례식장에서 장례를 치르자는 것이었다. 고인의 유산에 대한 정산도 병원의 장례식장 빈소 앞에서 하자고 주장했다. 나는 장례식을 소박하게 치르고 유산에 대한 정산은 별도로 할 생각이었다. 그와 나는 의견충돌로

언성을 높였다. 잠든 팔성이를 끝까지 불편하게 하는 육준이가 미웠다.

육준이는 고인의 유산을 당장 처리하지 않는다는 이유로 시신이동을 막았다. 하지만 당장 영안실에서 처리하려 해도 유산에 대한 내용을 아직 정리하지 못하고 있었다.

결국 삼일장으로 화장을 하지 못하고 시신은 병원 영안실의 냉동고에서 삼일을 더 보낸 후 육일장으로 화장을 했다.

나는 고인의 유언에 따라 간소한 장례의식으로 그의 영혼을 하늘나라로 보냈다. 그의 몸은 죽었지만 내 마음 속에 막둥이 동생의 사랑은 영원히 살아 있기를 바라며.

13

· · ·

하나님은
현재에
나타나신다

"아빠, 이게 뭐냐구요?"

상자를 물끄러미 바라보며 깊은 생각에 잠겨 있는 나에게 딸의 채근하는 목소리가 아련히 들려왔다.

나는 그제야 추억에서 깨어나 딸 현율을 바라보았다. 호기심에 가득 찬 얼굴과 눈빛이 그럴 리가 없는데 묘하게 정옥을 닮은 듯했다. 하지만 자세히 보니 젊은 날의 아내를 빼다 닮았다. 그리고 내 모습도.

"나의 사랑하는 따님 현율이, 이건 아빠의 추억이 들어 있는 상자예요."

나는 딸에게 말할 때는 언제나 환한 미소에 또박또박 밝은 목소리로 말하려고 했다.

"아빠의 추억이라니요?"

"젊은 시절의 추억 말이야. 지나간 일에 연연하지는 않지만 추억은 소중한 재산이거든."

"추억 중에 제일은 '사랑'이라고 하던데요. 아빠?"

현율이 뭔가 수상쩍다는 듯 윙크라도 하듯 눈을 찡긋하며 말했다. 애 엄마가 된 현율이지만 이럴 때면 영락없이 장난기 가득한 소녀 같았다.

나는 딸의 말에 수긍한다는 뜻을 드러내고 싶었다. 고개를 몇 번 끄덕이고 나서 말했다.

"편지와 선물, 사랑과 그 부끄러움의 추억들이다. 이 상자에 대해서는 너와 나만이 아는 것으로 했으면 좋겠다."

"엄마와는 중매 결혼하셨다고 들었는데요. 엄마는 이 상자에 대해 알고 있어요?"

"아마 모르겠지. 알지 못하도록 하는 것이 나의 책임이고. 네 엄마 몰래 이런 걸 보관해 왔다는 것 자체가 잘못이겠지. 과거를 거울삼고자 한 것이지만 과거를 못 잊고 과거에 연연하는 것처럼 오해할 수 있거든."

나는 상자에 그려진 과꽃을 물끄러미 바라보며 말을 이었다.

"이 상자에는 옛 사랑의 추억이 들어 있지만 난 이 상자를 볼 때마다 내가 한 말과 행동에 대하여 책임지지 못한 것을 반성하는 계기로 삼았단다. 그런데 이제 폐기할 때가 된 것 같다."

상자의 비밀을 얘기하는 내내 다소 굳어 있던 딸의 얼굴에 미소가 피어오르며 표정이 밝아졌다.

"책임지지 못한 것이라니요?"

"나를 사랑하도록 행동해 놓고 그 책임을 지지 못한 것 말이다."

난 딸에게 아내와 중매결혼에 이르기까지 있었던 일을 이야기해 주었다.

"내가 첫사랑 때문에 결혼을 미루고 있다는 것을 한 친구가 알게 되었다. 그 친구가 안타까워하다가 제 여동생을 중매하였지. 그 친구가 지금 너의 외삼촌이야."

"외삼촌이 아빠에게 엄마를 소개했다는 말은 예전에 여러 번 들었어요. 하지만 첫사랑을 못 잊었을 때라는 말은 처음 들어요, 아빠."

"그땐 남자들이 대부분 스물일곱이나 스물여덟에 결혼하던 때였다. 네 외삼촌만 해도 스물아홉에 결혼을 했지. 그런데 난 서른둘이 되도록 미혼이었어. 그 당시로는 늦어도 많이 늦은 거였지."

"사랑 없는 결혼, 저는 이해하기 힘들어요."

"남녀 간의 사랑은 없다가 생겨나고 있다가도 사라질 수 있는 게야. 그렇지 않니?"

"전 아직 그 경지까지는 이해 못하겠어요. 남편이 옛 사랑을 못 잊고 그리워하며 아내와 그 여자를 사사건건 비교할 수도 있잖아요."

"당시에 난 친구였던 너의 외삼촌에게 이런 이야기를 했었다. '남편이 자기 아내를 사랑해 주지 않는다면 누가 자기 아내를 사랑해 주겠나? 사랑받지 못하는 아내는 불행해지고 아내가 불행하다면 그 가정은 무너지고 만다. 배우자를 사랑하지 않으면서 아들딸을 사랑한다는 것은 집 없는 가정을 꾸리는 것과 같이 파탄의 길을 걷는 것.'이라고."

나는 딸에게, 엄마를 사랑하고 있다고 말한 뒤 이렇게 물었다.

"너는 '아빠가 엄마를 사랑한다.'는 것을 알고 있지?"

"예, 아빠. 우리 아빠는 모범 남편이자 모범 아빠죠. 저는 아빠 같은 사람과 결혼하고 싶었어요."

"허어, 우리 딸이 나를 행복하게 해주네."

"그런데요, 아빠. 엄마가 알고도 모른 척 한 건 아닐까요?"

"네 말을 듣고 보니 네 엄마는 그럴 수도 있을 것 같구나."

그런데 난 모르리라 여기고 살아왔다. 내가 그런 부분에서는 아내에게 매우 무심했다는 생각이 들었고 미안해졌다. 이제 그만 이 상자를 소각해 버려야겠다고 마음먹었다.

난 딸에게 말했다.

"현율아, 네 이름을 현율이라고 작명한 이유를 알고 있지?"

"예, 아빠, 어렸을 때 여러 번 말씀해 주셨잖아요? 전 제 이름에 자부심을 느껴요."

첫 아이가 태어났을 때 '지금'이라는 의미의 현(現)자와 빛난다는 율(燏)자로 딸아이의 이름을 지었다.

"지난 해 가을에 하늘나라로 간 작은아빠 생각나지? 그 작은아 빠는 과거에 얽매어 현재를 살아간 셈이다. 사랑했던 여인을 잊지 못하고 그 사랑의 상처 때문에 일생을 독신으로 산 것만 봐도 그렇 지. 사랑했던 여자는 결혼하고 새로운 삶을 살아가고 있건만, 그 것 때문이라고 단언할 수는 없겠지만 그 실연으로 입은 마음의 상 처 때문에 건강을 잘 챙기지 못했어. 젊은 나이에 암에 걸려 저 세 상으로 간 것도 다 상관있지 않겠니?"

난 잠시 상자를 바라보았다. 나도 얼마나 오랫동안 과거에 붙들 려 있었던가? 드러내지 않았을 뿐이지 이 상자를 보관했다는 것 자 체가 그것을 보여주지 않는가.

"바꿀 수 없는 과거에 너무 많은 신경을 쓰는 것은 옳지 않다. 과 거는 소중한 선생님이 될 수 있으나 동반자가 되어서는 안 되지. 과거로부터 배우되 과거에 머물지 말아야 한다."

난 내 스스로에게 각오를 다지듯 다시 한 번 마음속으로 되풀이

했다. 그러고 나서 동생 팔성이의 인생을 생각하며 말을 이었다.

"너희 작은아빠는 전환점을 찾지 못하고 과거의 그림자 속에서 젊음을 낭비했지. 과거에 집착하는 것은 현재를 낭비하는 셈이거든. 사랑을 받은 여인마저 그런 건, 원하지 않을 것이다. 형제간이지만 현재를 더 중요하게 생각하는 나와 달랐던 거야."

"솔직히 저는 막내 작은아빠가 독신으로 사는 것이 이해가 되지 않았어요. 오늘 삶에 대한 여러 가지 교훈을 배우네요."

"물론 작은 아버지가 독신으로 살기로 한 것은 사랑의 아픔 때문이기도 하지만 배우자와 자식 육아에 대한 부담감이나 실망감 등 때문이기도 했다. 작은아빠는 과거에 얽매였고 한편으로는 미래에 대한 두려움 때문에 현재의 기쁨을 상실한 것이야. 하나님은 항상 현재에 나타나시는데."

현율이는 고개를 끄덕이며 생각에 잠기는 듯하더니,

"과거에 집착하면 가장 중요한 현재를 망칠 수 있다는 말씀이네요. 추억도 현재에 가치가 있을 경우에만 의미가 있고요. 그런데요. 부모, 스승, 친구 모두 과거가 있기에 함께 하잖아요?"

"사랑하는 따님. 과거를 버리거나 무시하라는 의미가 아니에요. 과거에 대해선 항상 감사히 여기고 현재를 살아가는 데 참고사항이어야 합니다. 아빠가 하고 싶은 얘기는 지나간 일에 얽매이지 말고 현재에 집중하라는 뜻입니다."

현율이는 크게 고개를 끄덕였다.

"미래도 언젠가는 현재가 되어 우리 앞에 나타나겠지? 미래에는 꿈과 소망이 담겨 있다. 미래의 꿈과 소망도 현재에 긍정적으로 작동할 때에만 가치가 있다. 미래에는 두려움도 있다. 미래의 두려움이 현재를 힘들게 한다면 그것 또한 잘못된 게야."

"이해가 안 돼요. 현재에 그 가치를 발휘한다는 것 말이에요."

"과거는 감사해하고 참고할 때 가치를 발휘하는 것이고 미래는 소망을 갖고 대비할 때 그 가치를 발휘하는 것이야."

"미래에 대하여는 두려워하지 말라는 의미죠?"

현율이 눈을 빛내며 말했다.

"그래요, 두려워하지 말고 현재 할 수 있는 일에 집중하라는 것이야. 예를 들어 누구에게나 미래에 죽음이 찾아오겠지. 그렇지만 그것을 두려워하며 살지 말라는 것이야. 죽음이 수십 년 후에 오든, 일이 년 후에 오든 아니면 불과 며칠 후에 오든 오늘을 사는 마음과 태도는 같아야 한다는 의미이다."

현율이는 미소를 지으며 고개를 끄덕였다.

너의 이름은 이러한 생각을 담아서 '항상 현재를 빛내며 살아라.'는 의미로 지은 거야."

"마음에 자유라는 영양소가 필요하다고 들었어요. 과거에 얽매이지 말고, 미래를 두려워하지 말라는 말씀 가슴속 깊이 새기겠습니다."

나는 고개를 끄덕이며 말했다.

"과거가 현재가 되기도 하지만 미래가 현재가 되기도 해. 그러나 현재가 항상 가장 중요하기 때문에 과거나 현재에 얽매이지 않고 전환점이 있어야 한다."

그렇다. 사랑도 현재에 해야 한다. 지금 사랑하지 못하는 사람은 사랑이 없는 사람이 아닌가? 사랑이 없는 삶은 별빛 없는 밤처럼 막막하지 않은가.

나는 현율에게 물었다.

"현율아, 하나님이 너에게 주신 것 중에서 가장 소중한 것이 무엇일까? 물건이건 정신이건 아니면 사람까지 모두 포함해서 그 중에서 가장 소중한 것 한 가지 생각해 봐."

현율은 잠시 고심하는 듯 시선을 허공에 두고 몇 번씩 무슨 말을 하려다가 웃으며 그만둔다. 그러다 결심한 듯 입을 뗐다.

"예전엔 부모님이 가장 소중했었는데 요즘은 애들 아빠가 제일 소중해요."

"사람마다 생각이 다를 수 있겠지. 어머니라고 생각한 사람, 자식이라고 생각하는 사람, 돈, 추억, 긍정적인 마음가짐, 신앙심, 드물게는 취미나 책을 말하는 사람도 있겠지."

"아빠는요?"

"나는 지금 이 순간이 가장 소중하다. 나에게 끊임없이 주어지는 지금 이 순간은 계속 지나가지만 계속 새로운 지금이 밀려온다. 내가 죽을 때까지 밀려오는 이 순간을 어떻게 맞이하고 사용하느냐가 내 인생을 결정하지 누구와 함께 무엇을 하며 어떤 마음가짐으로 살아가는가는 나의 선택이고."

스마트 폰을 만지작거리던 딸아이가 쑥스러운 듯 웃으며 그것을 내밀었다.

"아빠, 카톡의 제 프로필 좀 보세요."

[과거 감사하되 얽매이지 않고, 미래 준비하되 두려워하지 않는다. 지금 이 순간에 집중하고 항상 기뻐한다.]

현율이의 카톡프로필의 내용은 위와 같았다.

손자 녀석이 발견한 추억의 상자로 인해 잠깐이었지만 고왔던 임과 함께 환희의 그 시절, 추억의 정원을 거닐 수 있었다.

내가 못난 때문인가? 아니면 운명의 장난인가? 그러나 지나간 과거이다. 현율에게 나는 지금 이 순간이 가장 소중하다 그래서 이제 나는 순수한 마음으로 그녀가 행복하길 기도한다.

나는 상자에서 그 젊은 시절 정옥에게 주려고 했던 다이아몬드 목걸이를 꺼내 딸에게 선물로 주었다. 그리고 그날 상자와 편지를 불태웠다. 아름다우면서도 아프고 시렸던 젊은 시절의 추억과 함께.

작가 후기

내가 소설을 출간하게 되어 참 기쁘고 1년 이상 고생한 보람을 느낀다.

이 소설을 쓰는 동안 정년퇴직을 하고 쉬어야 할 나이에 하루 종일 컴퓨터에 붙어 고생하는 남편의 건강을 걱정하며 아내가 한 말이다.

"소설가하고 결혼 안 하기 참 잘했네요."

글쓰기의 시작 단계에서부터 맞춤법을 몰라 고생하였다. 헤밍웨이와 같은 대문호가 '노인과 바다'를 쓰면서 2백 번 이상 추고를 했다고 들었다. 나야말로 고치고 또 고치면서 눈이 부르텄다. 안약을 넣으며, 잠자다가도 벌떡 일어나 쓰고 또 고쳤다. 글 쓰는 동안에 글쓰기에 관한 책을 읽고 공부하며 백 번 이상 고친 것 같다. 고칠 때마다 '글이 진화하고 있구나.' 하는 느낌이 들어 고치면서 희열을 느꼈다. 하지만 여전히 어설프고 아쉽다.

이 소설은 많은 사람들이 도와주어 세상에 나올 수 있었다. 나의 작품동기를 말로 듣고 용기를 준 동수원CBMC 회원들에게 감사한다. 겨우 원고지 30여 매를 쓴 초고에 관심을 보여주며 퇴고해 준 월드탁구클럽의 최진희 선생님, 소설의 기초를 알려준 오현리 선생님께 감사드린다. 선후배 모임인 고성회 회원들의 격려가 글쓰기의 어려움을 이겨낼 수 있는 밑거름이 되었다. 특별히 도움을 준 친구 이기중과 이재헌 박사 그리고 교정을 봐주신 임수연 선생님에게 감사한다. 이분들은 교정뿐만 아니라 윤문으로 소설을 좀 더 실감나게 도와주었다. 도서출판 책과 나무의 도움으로 출간할 수 있어 기쁘고 김진희, 송은영, 문수정, 이완주 선생님의 배려와 관심에 감사드린다. 소설의 표지 디자인을 결정할 때 지인들과 초등학교에 다니는 손자손녀까지 도움말을 해주었다. 감사하고 감사한 일이다.

"할아버지가 쓴 책이니 나이가 들면 적어도 한 번은 정성 들여 읽겠지." 나는 이 책을 나의 손자손녀 더 나아가 후손들이 읽기를 바란다. 사랑, 결혼, 의리 그리고 돈과 죽음에 대하여 할아버지는 어떻게 생각하기를 바라는지 말하고 싶었다.

박오민